W0015312

1781

Von Siegfried Lenz erschienen

Romane:
Es waren Habichte in der Luft (1951) – Duell mit dem Schatten (1953) – Der Mann im Strom (1957) – Brot und Spiele (1959) – Stadtgespräch (1963) – Deutschstunde (1968) – Das Vorbild (1973) – Heimatmuseum (1978) – Der Verlust (1981) – Exerzierplatz (1985) - Die Klangprobe (1990) – Die Auflehnung (1994)

Erzählungen:
So zärtlich war Suleyken (1955) – Jäger des Spotts (1958) – Das Feuerschiff (1960) – Lehmanns Erzählungen (1964) – Der Spielverderber (1965) – Leute von Hamburg (1968) – Gesammelte Erzählungen (1970) – Der Geist der Mirabelle (1975) – Einstein überquert die Elbe bei Hamburg (1975) – Ein Kriegsende (1984) – Das serbische Mädchen (1987)

Szenische Werke:
Zeit der Schuldlosen (1962) – Das Gesicht (1964) – Haussuchung (1967) – Die Augenbinde (1970) – Drei Stücke (1980)

Essays und Gespräche:
Beziehungen (1970) – Elfenbeinturm und Barrikade (1983) – Über das Gedächtnis (1992) – Gespräche mit Manès Sperber und Leszek Kolakowski (1980) – Über Phantasie: Gespräche mit Heinrich Böll, Günter Grass, Walter Kempowski, Pavel Kohout (1982)

Ein Kinderbuch:
So war das mit dem Zirkus. Mit farbigen Bildern von Klaus Warwas (1971)

Siegfried Lenz

Ludmilla

Erzählungen

Hoffmann und Campe

Die Deutsche Bibliothek – CIP-Einheitsaufnahme
Lenz, Siegfried:
Ludmilla: Erzählungen / Siegfried Lenz.
– 1. Aufl. – Hamburg: Hoffmann und Campe, 1996
ISBN 3-455-04256-2

Schutzumschlag und Einbandgestaltung: Werner Rebhuhn
Gesetzt aus der Janson
Satz: Utesch Satztechnik GmbH
Druck und Bindung: Graphischer Großbetrieb Pößneck
Printed in Germany

Inhalt

Ludmilla

Bisher verhielt noch jeder den Schritt, der, um mich in meiner Wohnung zu besuchen, an den drei Fenstern von Kapitän Brodersen vorbeistreifte; denn zwischen Geranien und Lästerzungen war da ausgestellt, was der alte Fahrensmann sich von fernen Häfen als Andenken mitgebracht hatte: kolorierte Möpse aus Porzellan, Schnitzarbeiten aus Ebenholz, beleibte asiatische Paare, die Seligkeit vorführten, Blasrohre und zwei bräunlich schimmernde, präparierte Baby-Leguane. Der alte Kapitän, ewig fröstelnd in der Tiefe des Zimmers, freute sich noch jedesmal, wenn Besucher den Schritt verlangsamten oder gar stehenblieben, um die Dinge, die ihn an Große Fahrt erinnerten, mit ihrer Aufmerksamkeit auszuzeichnen. Ich zweifelte nicht, daß auch Pützmann, der sich für acht Uhr angesagt hatte, den nicht alltäglichen Mitbringseln einen Blick schenken, vielleicht auch stehenbleiben würde, um sie verblüfft näher zu betrachten, doch der Betriebsprüfer, der pünktlich erschien, strebte rasch und blicklos an den Fenstern vorbei zum Nebeneingang; gleich darauf ging meine Türklingel. Zugegeben: als er in mein Wohnzimmer trat, das gleichzeitig mein Arbeitsraum war, empfand ich ein Gefühl der Erleichterung; denn statt eines älteren, verkniffenen und von überschüssiger Magensäure geplagten Steuerprüfers begrüßte mich ein hellhäutiger junger Mann, bei dessen Anblick ich an ein Milchbrötchen denken mußte. Er trug eine Brille mit runden Gläsern, die von dunklem Horn eingefaßt waren. Sein volles Gesicht hatte etwas Kindliches, Unbescholtenes, es verriet nichts von berufsmäßigem Argwohn, zeigte vielmehr eine Art konservierten Kinderstaunens. Noch konnte man ihn nicht beleibt nennen, doch eine Neigung zur Fülligkeit war unverkennbar; sein spannender, über dem Hintern spannender Anzug machte es augenfällig.

Er stellte die geräumige schwarze Aktentasche auf den Fußboden und sah sich langsam nickend um, musterte versonnen meine Schlafcouch, das selbstgemachte Büchergestell, den Schreibtisch aus Kirschholz, den Kapitän Brodersen mir geschenkt hatte, und als könnte er nicht widerstehen, bat er mich mit einer Geste um Erlaubnis, einen Blick auf die handgeschriebenen Seiten zu werfen. Sein Interesse war aufrichtig. Während er gebeugt die ersten Sätze las, erklärte ich ihm, daß ich mich gerade mit einer Erzählung plagte, die sollte »Wegbeschreibung« heißen, worauf er nur nachdenklich den Titel wiederholte und dann wissen wollte, wo er sich niederlassen könnte. Ich führte ihn in die Küche, an den Küchentisch, auf dem eine Thermoskanne mit Kaffee bereitstand; auch die Unterlagen, um die er mich

telefonisch gebeten hatte, waren schon an ihrem Platz: das Heft, in das ich meine Einnahmen eintrug, und der guterhaltene Schuhkarton, in dem ich Quittungen und Belege aufhob. Neben den Karton hatte ich meine erste Novelle »Die Einbürgerung« gelegt; obwohl ich nur noch zwei Exemplare besaß, hatte ich mich entschlossen, ihm eines zu schenken, in gutem Glauben, daß es nicht verkehrt sein könnte. Bevor er sich setzte, nahm er den Pappband in die Hand, las interessiert die Inhaltsangabe auf der Rückseite und hielt ihn mir hin. Für Sie, sagte ich, es soll ein Geschenk sein. Tut mir leid, aber ich kann es nicht annehmen, sagte er bekümmert. Aber es ist doch nur ein Buch, sagte ich, und er darauf: Nur? Seit wann nur?
Lächelnd wuchtete er seine Aktentasche auf den Tisch, setzte sich und murmelte: Also, dann wollen wir mal, öffnete die Tasche und fischte – ich erkannte es sogleich – einen Packen Kontrollmitteilungen heraus, wie die Rundfunkanstalten sie für bezogene Honorare an das Finanzamt schicken. Er sah blinzelnd zu mir auf, er sagte: Ich hoffe, daß ich Sie nicht allzu häufig stören muß. Wenn Sie Fragen haben, ich bin nebenan, sagte ich, und ließ ihn allein und setzte mich bei nur angelehnter Tür an den Schreibtisch.
Entschlossen, seine Anwesenheit zu vergessen und die Arbeit an der »Wegbeschreibung« fortzusetzen, las ich, um mich einzustimmen, noch einmal die ersten fünf Seiten, die Einleitung, in der ein alter Mann auf dem Bahnhof einen Einheimischen nach dem Weg fragt und

darauf eine unzumutbare Antwort erhält, die sich – das war meine Erzählabsicht – später als beiläufiges Charakterporträt des Ortes und seiner Bewohner erweisen sollte. Es gelang mir nicht, mich zu konzentrieren. Ich dachte mir gerade einen Namen für eine umbenannte Straße aus, als ein schepperndes Geräusch in der Küche mich auffahren ließ; einen Augenblick war es still, dann hörte ich, wie Pützmann sich Kaffee einschenkte. Unwillkürlich stellte ich ihn mir essend und trinkend vor, sah ihn von üppig belegten Mettwurstbroten abbeißen, meinen Kaffee schlürfen und dabei genüßlich in meinem Einnahmeheft blättern. Er aß geräuschlos. Eine Weile saß ich nur horchend da, wartete auf eine Regung, auf einen Laut der Mißbilligung, auf Einspruch oder leises Hohngelächter; nichts geschah. Ich erwog die Gründe für eine Straßenumbenennung, es konnte nur einen Grund geben, den üblichen, landab geltenden Grund: Weißwäsche.
Darf ich mal stören, fragte Pützmann besorgt. Er stand in der Tür und wedelte sacht mit einigen Belegen, die in seiner fleischigen Hand armselig und unschuldig wirkten und dennoch seine Bedenken hervorgerufen hatten. Wie ich sehe, sagte er, hatten Sie vorübergehend auch ein regelmäßiges Einkommen, von unserem Bezirksamt. Ich habe Sprachunterricht gegeben, sagte ich; ich bin über ein Jahr lang in die aufgelassene Makkensen-Kaserne hinausgefahren und habe dort Sprachunterricht gegeben, für Aussiedler. Für deutschstämmige Aussiedler aus Sibirien und aus dem Wolgagebiet,

die man in dieser Kaserne untergebracht hatte. Meine Arbeit sollte den Leuten helfen, hier zurechtzukommen, verstehen Sie? Ich verstehe, sagte er, ich verstehe vollkommen; die Leute kamen ja aus einer anderen Welt, aus der Tundra, der Steppe. Eben, sagte ich. Er blickte auf die Belege und sagte: Sie haben hier einen Geschenkkorb steuerlich geltend gemacht, einhundertdreißig Mark, ein Empfänger ist nicht genannt. Nicht bereit, Ludmillas Namen auch nur ein einziges Mal zu erwähnen, und leicht verdrossen angesichts der fordernden Art seines Dastehens, sagte ich: Zu Unterrichtszwecken; ich habe den Geschenkkorb zu Unterrichtszwecken gekauft, und deshalb ist er wohl absetzbar. Da Pützmann mich anstarrte, als hätte ich ihm Pfeffer in sein Gehirn gestreut, fügte ich hinzu: Der Inhalt des Korbs erwies sich als sehr ergiebig für die Unterrichtsstunde; soll ich Ihnen aufzählen, was ... Er winkte ab, zog die Schultern ein und ging zurück in die Küche.

An meinem Schreibtisch, bei dem Versuch, mich in die »Wegbeschreibung« zu vertiefen, lächelte mir prompt Ludmilla zu, sie kam forsch auf mich zu in der ehemaligen Kleiderkammer, in der ich meinen Unterricht gab, und sagte strahlend: Ich bin Ludmilla Fiedler aus Tomsk; hat man mich Ihnen zugeteilt zur Unterstützung für besondere Schwierigkeiten, vor allem, um Behördensprache besser zu verstehen. Unter den Augen meiner achtzehn Schüler – zumeist alten Männern und Frauen, die geduldig Schokolade essend und mit still vergnügter Demut meinem Unterricht in deutscher Lebenspraxis lauschten – begrüßte ich sie und wußte schon bei unserem langdauernden Händedruck, daß sie nicht nur meine Assistentin für besondere Schwierigkeiten bleiben würde. Ihr kurzes tiefschwarzes Haar kontrastierte auf eine nie gesehene Weise mit den aquamarinfarbenen Augen; ein Ausdruck träumerischer Verschmitztheit lag auf ihrem breitwangigen Gesicht, das, von der Sonne getroffen, wie unterglüht schimmerte. Ludmilla – meine Schätzung behielt recht: sie war gerade zwanzig – hatte ihren Körper in ein beigefarbenes Kleid gezwängt, auf dem eine Anzahl dekorativer Junikäfer schwirrte – ihre Lieblingskäfer, wie ich später erfuhr. Wenn Schönheit sich dadurch bestätigt – und für sich einnimmt –, daß ihr etwas zur Vollkommenheit fehlt, dann erfüllte Ludmilla auch diesen Anspruch; denn zur Vollkommenheit reichte es insofern nicht, als die Schönheit durch ihre Zähne beeinträchtigt wurde, die klein, mäuseklein und eigenartig spitz waren.

Heiter verlief die Unterrichtsstunde, die ich mit ihrer Hilfe gab; ich klärte meine Zuhörer über allgemeines Beschwerderecht auf, machte sie mit Wendungen vertraut, die sie auf Behörden, in Verkehrsmitteln und in Restaurants gebrauchen sollten, falls sie einen Grund zur Klage hätten, und sie hörten mir verwundert zu, verwundert und mitunter auch belustigt.

Als ich ihnen beizubringen versuchte, daß unser Mietrecht seine Eigenheiten hat, daß es ein Wohnungs- und ein Gewerberaummietrecht gibt und daß im Zweifels-

fall eine Zweckentfremdungsverordnung darüber entscheidet, was man in seiner Wohnung darf und was nicht, fragte ein sehr alter Mann, ob es erlaubt sei, zum Beispiel, Stiefel zu reparieren für sich und die Nachbarn. Ludmilla tröstete ihn, daß er, wie bisher, alle eigenen Stiefel in seiner Wohnung reparieren dürfe; nur wenn das ganze Dorf zu ihm käme wie früher, wäre das genehmigungspflichtig.
Obwohl Ludmilla sie immer wieder dazu ermunterte, stellten sie nur wenige Fragen, und wenn sie es taten mit ihrer eigenen Verlegenheit, rührte und ergriff es mich. Es zeigte mir aber auch, mit wieviel Duldsamkeit ein Leben gelebt werden konnte in einer anderen Welt. Ludmilla machte der Unterricht Freude. Ihr Deutsch war reich, doch nicht ganz fehlerfrei; sie schien es selbst zu wissen und sah mich bei kühnen Wendungen oft genug fragend an und runzelte ihre schöne Stirn.
Nach dem Unterricht standen wir auf dem gefliesten Korridor, um das Thema der nächsten Stunde zu besprechen, als ein schwerer Mann in offenem, mit Fuchsfell unterfüttertem Mantel ungestüm auf uns zukam: Sergej Wassiljewitsch Fiedler, Ludmillas Vater. Er war einen Kopf größer als ich, breitbrüstig; die obere Hälfte seines linken Ohrs fehlte. Er begrüßte mich mit einer angedeuteten Verbeugung und wandte sich – eilig und auch ein wenig ungehalten – Ludmilla zu und gab ihr zu verstehen, wie sehr er sie entbehrte bei der Vorbereitung einer Geburtstagsfeier. Ludmilla hob sich auf die Zehenspitzen und küßte ihn. Sie nahm seine Hand und

rieb sie an ihrer Wange; dann sagte sie in leicht rügendem Tonfall: Möchte ich bekannt machen – mein Vater Sergej Wassiljewitsch Fiedler, Geologe und Jäger – Herr Schriftsteller Heinz Boretius, zur Zeit Professor. Der Geologe und Jäger musterte mich skeptisch, blickte von ihr zu mir und von mir zu ihr, erwog da wohl etwas, und mit einer ausgeführten Verbeugung lud er mich ein, an der Geburtstagsfeier seiner Frau Olga teilzunehmen; da Ludmilla mir auffordernd zuzwinkerte, sagte ich zu. Am Nachmittag kaufte ich den Geschenkkorb, gefüllt unter anderem mit Rollschinken, Cognac, Rotwein, Dauerwurst, einer Dose mit Leipziger Allerlei, und weil der Verkäufer mich fragte: Quittung?, ließ ich mir einen Beleg ausstellen und verwahrte ihn, eingedenk des Ratschlags, den mir ein erfahrener Kollege, der große Lasarek, gegeben hatte, in dem ausgedienten Schuhkarton.
Nach der Stube zu suchen, in der die Fiedlers untergebracht waren, erwies sich als unnötig; das Stimmengewirr am Ende des Korridors und das unverkennbare Gelächter von Ludmillas Vater sagten mir, wo die Feier stattfand. Nachdem ich mehrmals geklopft hatte, öffnete mir der Geologe und Jäger, blinzelte mir zu und küßte mich so heftig auf die Wange, daß ich Mühe hatte, den Korb festzuhalten. Noch nach sicherem Stand suchend, hörte ich Ludmillas zurechtweisende Stimme: Wir sind doch in Deutschland, Vater, in Hamburg; und sie faßte mich am Arm und bahnte mir einen Weg durch gutgelaunte Stubennachbarn und Zimmergenos-

sen, von denen einige zu meinen Zuhörern gehörten, zu einem Eckfenster, an dem das Geburtstagskind saß. Ein freundliches Gesicht von unschätzbarem Alter, das die Winde der Tundra gegerbt hatten, hob sich zu mir auf, ein massiger, gewölbter Rücken, der von einer braunen Häkeldecke gewärmt wurde, lehnte sich nach vorn, zwei kurze Arme streckten sich mir entgegen, um das Geschenk in Empfang zu nehmen: Ludmillas Mutter Olga. Ludmilla beugte sich über sie und rief in ihr Ohr: Das ist der Professor, Mamachen, der Boretius. Kein Professor, sagte ich, nur Gelegenheitslehrer, und dann gratulierte ich ihr und sah eine Weile zu, wie sie wortlos den Korb auspackte und die Waren einzeln einem blassen, schlanken Mann zureichte – Igor, Ludmillas Bruder.

Das Geburtstagskind trank nicht, doch die Gäste stießen mehrmals auf seine Gesundheit an, am häufigsten Ludmillas Vater. Er erließ es mir nicht, auch einige Male mit ihm anzustoßen. Ludmilla versorgte mich mit Gewürzgurken, begleitete mich mit ihrer Sympathie. Wohin ich auch gedrängt wurde, überall erreichte mich ihr fürsorglicher Blick, und oft genug nickte sie mir lächelnd, fast komplizenhaft zu. Nie zuvor – daran gab es keinen Zweifel – war ich einem Mädchen wie Ludmilla begegnet. Es kann sein, daß ihr Vater bemerkte, welch eine Wirkung sie auf mich ausübte, und weil ihm dies nicht unangenehm schien, ihm vielleicht sogar Freude bereitete, beschloß er, mir etwas von Ludmilla zu zeigen, was ich nicht kennen konnte und was ihn mit Stolz

erfüllte. Er kramte in einem Spind, fluchte, fand dann glücklich, was er gesucht hatte, und hielt mir zwei Fotos hin. Eines zeigte ein etwa zwölfjähriges, dünnbeiniges Mädchen mit steif abstehendem Ballettröckchen, auf dem anderen hielt eine pummelige, vermummte Gestalt einen kapitalen Wels hoch, den sie gerade mit einer Stippangel aus einem Eisloch gezogen hatte. Hier Ludmilla, da Ludmilla, sagte er nach einer Pause, hier: vor erstem Auftritt in der Akademie für Militärärzte, und hier: mit großem Fisch auf zugefrorenem Fluß Tschulym, welcher Nebenfluß ist von großem Fluß Ob. Zärtlicher, als er es tat, kann niemand eine Fotografie betrachten.
Plötzlich beunruhigte mich die Stille, kein Rascheln, kein Scharren, kein Seufzen drang aus der Küche; war Pützmann noch da? Oder war er bei der Prüfung auf etwas gestoßen, das ihn vor Fassungslosigkeit hatte versteinern lassen? fragte ich mich. Doppelt besorgt, stand ich auf, schlich zur Tür und war dabei, den Spalt ein wenig zu vergrößern, als er mich, ohne sich umgewandt zu haben, bat, näherzukommen. Er hatte einen mangelhaften Beleg gefunden, die quittierte Rechnung des Lokals »Zum Duckdalben«, auf der nicht nur meine Unterschrift fehlte, sondern auch die präzise Berufsbezeichnung meines Gastes, den ich zum Mittagessen eingeladen hatte. Erleichtert unterschrieb ich und begründete meine Einladung: Programmkonferenz und Feinabstimmung mit Dolmetscher der Mackensen-Kaserne. Pützmann las es, ließ mich gleich noch zwei

Taxiquittungen unterschreiben und schien zufrieden. Wenn Sie Fragen haben, sagte ich, können Sie mich jederzeit rufen. Er antwortete nicht, er starrte ausdauernd auf eine Serie von Quittungen, als verlange er ihnen ein Geständnis ab.

Gleich nach der nächsten gemeinsamen Unterrichtsstunde hatte ich Ludmilla zum Essen eingeladen, in den »Duckdalben«, zu Piet Flehinghus. Sie nahm die Einladung sogleich an, bat mich aber, sie zunächst in ihre Stube zu begleiten, denn sie wollte sich von ihren Leuten verabschieden. Wenn wir fortgehen, wir sagen immer Aufwiedersehen, erklärte sie mir. Nacheinander küßte sie ihre Mutter, ihren Bruder und ihren Vater, die auf ihren Betten saßen und auf irgend etwas warteten, liebkoste auch den alten brandroten Kater, der ihr in der Kaserne zugelaufen war; danach war sie bereit.

Piet und seine Gäste – ein paar Verlagsangestellte, Journalisten und einige Leute vom Seewetteramt, die regelmäßig hier einfielen – blickten erstaunt und länger als gewöhnlich auf, als Ludmilla ihr beigefarbenes Kleid mit den schwirrenden Junikäfern an ihnen vorbeitrug. Die, die ich kannte, grüßten mich mit Verzögerung. Die Fensterplätze waren besetzt, Piet winkte uns an einen Tisch dicht bei der Theke und empfahl uns gespickten Hecht mit Kartoffelsalat. Da er Ludmilla mit besonderer Freundlichkeit willkommen hieß, sagte ich: Die Dame kommt von weither, aus Tomsk. Tomsk, wiederholte Piet, Tomsk – das liegt doch in Sibirien, oder? Mein Großvater war da – nicht freiwillig. Flüsse und

Sümpfe und Wälder, Wälder. Er hat geholfen, die Wälder zu lichten. Aber im Süden es gibt auch schöne Gebirge, sagte Ludmilla, Altai. Mein Großvater sagte immer: In Sibirien ist alles schön – aus der Ferne, entgegnete Piet und wandte sich dem Küchenfenster zu, um unsere Bestellung weiterzugeben.
Ludmilla protestierte nicht, ihre Vorfahren waren freiwillig nach Sibirien gegangen; vor mehr als zweihundert Jahren – so erzählte sie – waren sie dem Ruf eines Zaren gefolgt, um das gewaltige Land zu besiedeln und zu erschließen, um Schulen und ein Polytechnikum zu gründen und schlafende Reichtümer aus der Erde zu bergen. Sie sagte: Schöner ein Land kann nicht sein; die Berge, die großen Flüsse und in den Wäldern die Tiere, viele Pelztiere. Und doch seid ihr zurückgekommen, sagte ich, nach all der Zeit seid ihr zurückgekommen. Die Nachbarn, sagte Ludmilla, sie wollen uns heute nicht. Sie wollen nicht, daß wir deutsch sprechen, daß wir deutsch leben. Als wir ganz für uns sein wollten, haben sie gedroht, die deutsche Siedlung zu verbrennen. Vielleicht haben wir uns ausgelebt in Sibirien; Vater hat es gesagt, er hat die Ausreise beantragt. Aber unsere Sibirjaken-Freunde haben geweint.
Beim Essen fragte ich sie nach ihren Plänen, behutsam, nebenher, ich wollte nicht den Eindruck entstehen lassen, als sei man hierzulande verpflichtet, Pläne zu haben, schnurgerade auf Lebensziele zuzusteuern. Um so überraschter war ich, daß sie sich bereits entschieden hatte und ihr künftiges Leben vor sich sah. Im Gedanken an

das Foto, das ihr Vater mir gezeigt hatte, fragte ich: Ballett? Nein, nein, sagte sie lachend, nie mehr Ballett. Als Kind hatte ich Unterricht, und vielleicht hätte ich Ausbildung fortgesetzt, aber dann geschah das Unglück, auf der Jagd. Welch ein Unglück? fragte ich. Oh, im Winter, sagte sie, ein Wolfsrudel, und ein junger Wolf, er hat mich zweimal gebissen, einmal in die Schulter und einmal hier – sie strich über ihre Hüfte. Das Tier hat die Strafe empfangen. Kein Zeichen von Wehmut oder Trauer lag auf ihrem Gesicht, als sie wiederholte: Nein, nein, nie mehr Ballett. Wie wärs mit Dolmetschen, sagte ich – und es war ein wohlgemeinter Ratschlag –, die Welt wächst immer mehr zusammen, die Abhängigkeiten werden immer empfindlicher, und wenn mich nicht alles täuscht, beginnt bald die große Stunde der Dolmetscher. Bald werden wir Millionen brauchen. Zwei Sprachen beherrschen Sie bereits; lernen Sie noch zwei dazu – seltene, schwierige Sprachen –, und die Zukunft steht Ihnen offen.
Ludmilla entblößte ihre kleinen spitzen Zähne und zog mit einer graziösen Bewegung eine Hechtgräte hervor. Vor sich hinschmunzelnd sagte sie: Dort, wo wir lebten, ich war der Honigsammler der Familie. Viele wilde Bienenvölker gab es in unseren Wäldern, sie machten Tannenhonig und Sumpfblütenhonig, ihre Nester waren gut versteckt, aber ein Vogel mir zeigte, wo sie waren, er flog immer vor mir her, ein kleiner Specht, wissen Sie. Honig zu sammeln, es war für mich die größte Freude; mit den Bienen habe ich mich gut verstanden.

Sie sah mich fragend an, und ich wußte nicht, wieviel ich ihr glauben sollte, doch als hätte sie meinen vorsichtigen Zweifel erkannt, fuhr sie fort: Bosche moj, jetzt werd ich Geld verdienen, und wenn genug Geld da ist, ich werde eine Bienenzucht kaufen, nicht die sibirischen, sondern tüchtige deutsche Hausbienen. Vielleicht werde ich Sie beliefern, Herr Boretius.
Nach dem Essen dankte sie mir detailliert für alles, vom Hecht bis zur Kartoffel, was sie zu sich genommen hatte, und sie dankte auch Piet, der sie einlud, bald einmal wiederzukommen.
Unter Zurufen gingen wir hinaus, überfallartig trieb der Wind den Regen in unsere Gesichter, Ludmilla tastete nach meiner Hand, und so strebten wir der U-Bahn-Station zu. Gebückt, mit gesenkten Gesichtern, hasteten wir vorwärts, stießen plötzlich fast mit einem Kinderwagen zusammen, der unter der Markise eines Schuhgeschäfts stand. Eine alte verwahrloste Frau, eine Stadtstreicherin, hielt den Bügel des Wagens, der vollgestopft war mit Plastikbündeln, mit Bierdosen und Gläsern – obenauf, fest verzurrt, ein Aluminiumkochtopf –, und an dessen Seiten baumelte Werkzeug, darunter eine Spielschaufel. Die Frau blickte unverwandt in die Auslagen des Schuhgeschäfts, sie interessierte sich auch dann nicht für uns, als Ludmilla die seltsame Fracht des Wagens näher betrachtete und mich auf einen Hutständer hinwies. Auf einmal entzog Ludmilla mir ihre Hand, stieg allein die Stufen zum Laden hinauf und verhandelte mit einem Verkäufer, wobei sie mehr-

mals zu mir hinausdeutete, und dann erschien sie mit einem Paar weißer, mit Leder bespannter Holzpantoffeln. Sie setzte die Pantoffeln vor die Füße der Frau. Sie deutete auf die löchrigen, ehemals blauen Stoffschuhe, die vom Regen geschwärzt waren, und forderte mit einer ungeduldigen, aber immer noch freundlichen Bewegung zu einem Schuhwechsel auf. Als ich sie, um nicht Zeuge des Schuhwechsels zu werden, wegziehen wollte, flüsterte sie mir zu: Den Rest müssen wir noch bezahlen; ich hatte nicht genug Geld bei mir. Bitte, Herr Boretius.

Als das Telefon ging, hob ich schnell ab, denn ich erwartete nichts so sehr, wie Ludmillas Stimme zu hören. Es war aber Pützmanns Behörde, die sich meldete. Ein höflicher Mann, der sich tatsächlich für die Störung entschuldigte, bat mich, Herrn Pützmann an den Apparat zu holen. Ich trat an den Küchentisch, auf dem mein finanzielles Innenleben durchleuchtet wurde, wo, sortiert, geschichtet, abgehakt, die gesammelten Beweise meiner Existenz lagen. Was sie für Pützmann hergaben, hatte seinen Niederschlag auf einem Schreibblock gefunden, der bedeckt war mit furchteinflößenden Zahlenkolonnen. Ein Anruf, sagte ich, für Sie, und er schien nicht erstaunt, daß seine Behörde ihn auch hier verlangte. Während er an meinem Schreibtisch Auskunft gab über einen zurückliegenden problematischen Fall, entdeckte ich eine Quittung über fünf Flaschen Wein, Château Lafite 82. Die Quittung war von mir unterschrieben; als Erklärung hatte ich »Zwischenprüfungen

der Aussiedler in privater Atmosphäre« angegeben. Einen Augenblick schwankte ich, ob ich die Quittung nicht einstecken sollte, denn immer noch standen drei Flaschen neben meinem Schreibtisch, wo Pützmann sie, bei geringer Neigung des Körpers, leicht hätte entdekken können; doch da er den Hörer schon wieder auflegte, unterließ ich es. Hoffentlich nichts Unangenehmes? fragte ich und schenkte ihm heißen Kaffee ein.
Ich überließ ihm wieder die Küche, ich kehrte an meinen Schreibtisch zurück, bugsierte Flasche für Flasche in die Deckung des Regals mit den Nachschlagebüchern. Ludmilla mochte den Wein – Château Lafite 82 – nicht, sie trank nur ein halbes Glas und danach den verdünnten Karottensaft, den ich mitunter bei der Arbeit trank. Sie war gekommen. Sie war bereit, sich etwas von mir vorlesen zu lassen; denn unter diesem Vorwand hatte ich sie zu mir nach Hause eingeladen. Kaum stand sie in meiner Wohnung, streifte sie die Schuhe ab, warf einen Blick in meine Eßküche und in einen angrenzenden Kellerraum und nahm mit untergeschlagenen Beinen auf der Schlafcouch Platz. Sie deutete nach oben, auf die Wohnung von Kapitän Brodersen, und wollte wissen, ob der alte Mann – sie hatte ihn offenbar gesehen – all die Sachen verkaufte, die er ins Fenster gestellt hatte. Es sind Andenken, sagte ich, Mitbringsel eines Kapitäns von Großer Fahrt. Aus Tomsk er hätte etwas anderes mitgebracht, sagte Ludmilla nach einer Weile, vielleicht einen ausgestopften Schneefuchs oder seltene Mineralien, schön geschliffen, oder mit Glück

ein Ei von diesen vorzeitlichen Tieren. Ich forderte sie auf, zum Wein eine Olive zu essen – sie mochte beides nicht, nur der griechische Ziegenkäse schmeckte ihr. Wie mühelos sie dasitzen konnte in dieser straffen, beherrschten Haltung, mit erhobenem Gesicht, erwartungsvoll. Ich fragte sie, ob ihr meine Wohnung gefalle, worauf sie nur knapp nickte und dann wissen wollte, wieviel Leute noch, außer dem Kapitän, im Haus wohnten. Nur noch ein junger Mann, sagte ich, er wohnt ganz oben, er ist Tierpfleger im Zoologischen Garten. Und keine einzige Frau? fragte Ludmilla. Bedauern lag in ihrer Stimme, und als ich lediglich die Achseln zuckte, fügte sie erklärend hinzu: Die Samojeden bei uns behaupten, eine Frau ist ihr schönster Ofen. Da sieht man, zu welchen Vergleichen Minus-Temperaturen führen, sagte ich.

Unter der Stehlampe, das Manuskript auf den Kissen, las ich ihr aus der »Stunde des Richters« vor, einer unveröffentlichten Erzählung, die ich nicht weniger als dreimal umgeschrieben hatte. Ich hätte gern auf die Lesung verzichtet, doch Ludmilla erinnerte mich an meinen Vorschlag, und so machte ich sie mit der Geschichte von Viktor Wilk bekannt, der dank der emphatischen Empfehlung eines ihm befreundeten Ministers zu einem der höchsten Richter seines Landes aufstieg und ein weithin geachteter und für die Weisheit seines Urteils viel zitierter Mann war. Als der Minister eines Tages schwerer Vergehen angeklagt wurde, fiel die Wahl zum Gerichtsvorsitzenden auf Viktor Wilk, und er übernahm sein Amt in der Überzeugung, daß Dankbarkeit in der Rechtsprechung fehl am Platz sei. Während ich das Gespräch des Richters mit seiner Frau las, die ihn arglos beschwor, sich selbst für befangen zu erklären, linste ich einmal zu Ludmilla hinüber und sah, daß sie schlief; zumindest schien es mir so. Ihr Körper war ein wenig zusammengesackt, die Augen waren geschlossen, ein Ausdruck der Erschöpfung lag auf ihrem Gesicht. Ich las noch ein paar Sätze und unterbrach mich abrupt, um herauszufinden, ob sie mir überhaupt zuhörte.

Langsam öffnete sie die Augen, etwas schien sie zu quälen, eine Erinnerung, ein fernes Erlebnis, es beschäftigte sie so sehr, daß sie nichts sagte, als ich mein Manuskript weglegte. Geht's Ihnen nicht gut, fragte ich. Ludmilla machte eine beschwichtigende Bewegung, sie sagte: Ich mußte immer an meinen Bruder denken, auch er hieß Viktor, er war älter als ich, er hat mir nicht geglaubt. Sie richtete sich auf, ihr Körper nahm eine lauschende Haltung an; leise, so daß ich Mühe hatte, sie zu verstehen, sagte sie: Er hat mir niemals geglaubt, er war der größte Zweifler. Einmal brachten sie einen einäugigen Jagdfalken zu mir, er war herabgestürzt in hartes, spitziges Gesträuch und hatte sich selbst halb geblendet. Da war keine Kraft mehr in dem Vogel; und Viktor sagte, daß er nie mehr aufsteigen würde, aber ich habe ihn gut gefüttert. Sie brachten mir ja manchmal Tiere, und bei mir sind sie gesund geworden, das Eichhörnchen und der Fuchs mit dem gebrochenen Bein, beinahe alle,

und als der Falke genug Kraft hatte, hab ich ihn an den Fluß getragen und hab gesagt zu ihm: Und jetzt steig, steig in den Himmel, und er ist wirklich in den Himmel aufgestiegen, ich hab es selbst gesehen.
Ludmilla machte eine Pause. Sie blickte auf ihre Hände, die in ihrem Schoß lagen. Viktor glaubte mir nicht, nie hat er mir geglaubt; er sagte nur: Dein Vogel ist abgestürzt, und ich werde es dir beweisen. Dann ging er lachend fort und machte sich auf die Suche. Fand er ihn? fragte ich. Viktor ist nie mehr zurückgekommen, sagte sie; in den Wäldern haben die Hunde seine Spur verfolgt, aber am großen Fluß Tschulym sie verloren die Witterung. Ich setzte mich neben sie; ich nahm ihre Hand, bereit, sie wieder loszulassen, falls es sie befremden sollte, doch sie schien es kaum zu bemerken oder nahm es wie selbstverständlich hin. Wir saßen dicht nebeneinander – es war nicht der Augenblick, um über die »Stunde des Richters« zu sprechen, über meine Erzählung, die sie auch später nie mehr erwähnte. Vielleicht war es Trostbereitschaft, gewiß aber Mitleid, jedenfalls konnte ich unser Schweigen nicht ausdehnen und sagte: Ich, Ludmilla, ich hätte Ihnen geglaubt. Tief in ihren Augen schimmerte es auf, ihr Oberkörper neigte sich mir zu, und so zart, daß ich es kaum spürte, schmiegte sie ihr Gesicht an meine Schulter. Ich kann mir nicht helfen: so, wie wir dasaßen, glichen wir der kolorierten asiatischen Plastik in Kapitän Brodersens Fenster, dem Paar, das genügsame Seligkeit vorführt.
Ich hätte in dieser Stellung auf unabsehbare Zeit ver-

harren können, doch unvermutet klopfte es ans Fenster, und wir schreckten auf und blickten hoch. Tim hockte draußen; wie jedesmal, wenn er spät zu mir fand, ließ er sein Feuerzeug aufflammen und hielt es dicht vor sein Gesicht. Ich winkte ihn herein, und mit seinem Eintritt veränderte sich sofort die Atmosphäre meiner Wohnung. Er trug seine Wildlederjacke, trug Jeans und Cowboystiefel mit hohen Absätzen; mit seinem drahtigen blonden Zippelhaar, das seine Stirn teilweise bedeckte, mit seinem sehnigen Hals und den breiten Schultern glich er einem römischen Wagenlenker. Ich machte bekannt: Mein Freund Tim Burkus – Ludmilla Fiedler. Er schien nicht allzu verblüfft, Ludmilla bei mir anzutreffen – wie er sagte, hatte er uns bereits aus dem »Duckdalben« kommen sehen, als er gerade vorbeifuhr; er begrüßte sie mit übertriebener, leicht gezierter Höflichkeit, holte sich ein Glas aus der Küche und bediente sich mit meinem Château Lafite 82. Anscheinend vermutete er in ihr eine Studentin oder Journalistin, denn er sagte: Macht euer Interview ruhig zu Ende, schnappte sich den neuesten »Spiegel« und wollte sich in die Küche absetzen.

Ich bat ihn, zu bleiben; ich erzählte ihm, woher Ludmilla kam, wo sie und ihre Familie untergebracht waren und welche Aufgabe sie erfüllte beim Unterricht für deutschstämmige Aussiedler. Großzügig schenkte Tim sich ein neues Glas ein und vergaß nicht, den Wein zu loben. Seine Aufmerksamkeit war geteilt; erst als ich ihn fragte, ob er Ludmilla nicht zu seiner zweiten Assisten-

tin machen könnte, wurde er hellhörig und musterte sie mit einer Freimütigkeit, die Ludmilla verlegen machte und sie dazu veranlaßte, mir einen bittenden Blick zuzuwerfen. Um sie zu beruhigen, sagte ich: Mein Freund hat eine Experimentierküche, müssen Sie wissen, und er ist ein bedeutender Fotograf. Er entwirft die kühnsten Menus. Er fotografiert sie. Er fotografiert sie so, daß man gepeinigt wird von unwiderstehlichem Verlangen. Diese Fotos erscheinen in mehreren illustrierten Blättern, unter der Rubrik »Die neue Gaumenfreude« oder »Schlemmertip des Monats«. Tim wehrte ab, die Hälfte, die Hälfte, murmelte er; unsereins versucht nur, mit Hilfe der Phantasie den allgemeinen Geschmack ein wenig zu verfeinern. Während Ludmilla verstohlen nach ihren Schuhen angelte, sagte ich: Gib ihr eine Chance, mir zuliebe. Übrigens bringt Ludmilla Vorkenntnisse mit: Sie ist Honig-Expertin. Imkerin? fragte Tim belustigt. Wilde Bienenvölker, sagte ich; dort, wo sie lebte, im sibirischen Wald, war sie Spezialistin für wilde Bienenvölker, und hier träumt sie davon, sich einige Stöcke zu kaufen, nicht wahr, Ludmilla? Vielleicht, sagte Ludmilla, aber wenn, dann ich möchte arbeiten mit der deutschen Hausbiene. Du kannst sie zunächst ja probeweise beschäftigen, sagte ich, deine Michaela wird gewiß nichts dagegen haben.
So nachdrücklich ich ihn auch bat, Ludmilla eine Chance zu geben: Tim konnte oder wollte sich nicht dazu entschließen – zumindest so lange nicht, wie er bei mir war. Nachdem er sie jedoch nach Hause gebracht

hatte – die Mackensen-Kaserne lag an seinem Weg –, rief er mich noch spät an. Er war begeistert, war überwältigt von Ludmillas schlichter Schönheit, von ihrer Erscheinung, er dankte mir für die Vermittlung und gestand, daß er sie bereits zu Probeaufnahmen bestellt hatte. Ein Bergsee, sagte er unvermittelt, und als ich fragte: Ein was? sagte er: Wenn du ihre Augen siehst, hast du das Gefühl, in einen einsamen Bergsee zu blikken. Ich sagte: Es freut mich, Tim, daß du ihr eine Chance gibst, sie hat das Geld wirklich nötig. Sei unbesorgt, sagte Tim, Ludmilla wird sehr gut ankommen, sie wird ihren Weg machen; sie hat Ausstrahlung; wenn jemand wie sie einen Kürbis schneidet, glaubt jeder sofort, einer heiligen Handlung beizuwohnen.
Zaghaft, weil er mich an der Arbeit vermutete, fragte Pützmann: Herr Boretius? Da ich nicht gleich antwortete, fragte er lauter: Herr Boretius? Mein Einnahmeheft lag aufgeschlagen vor ihm, in einer Hand hielt er eine Kontrollmitteilung der Rundfunkanstalt, in der anderen einen Bleistift. Ich wußte nicht, was er bemängelte, ich fragte: Stimmt etwas nicht? Sie haben hier in der Sonntags-Sendung gesprochen, Gedanken zur Zeit; ihr Thema hieß: Vergebliche Aufklärung; erinnern Sie sich? Selbstverständlich, sagte ich, das Echo war bemerkenswert; ich habe zu ergründen versucht, warum in einer von den Wissenschaften erleuchteten Welt der Aberglaube nicht ab-, sondern zunimmt. Warum, trotz eines beispiellosen Zuwachses an rationaler Erkenntnis, die Mysterien blühen. Zum Schluß

hab ich Dostojewskis Großinquisitor zitiert, der erklärt hat, warum der Mensch immer nach Wundern verlangen wird, verstehen Sie? Pützmann blickte unbeweglich auf die Kontrollmitteilung und sagte: Die sechshundert Mark, Ihr Honorar, sind nicht als Einnahme ausgewiesen. Das kann nicht sein, sagte ich, worauf er mir stumm mein Einnahmeheft zuschob und auf den Monat April deutete. Vier magere Beträge waren da angegeben, doch das fette Honorar für meine Gedanken zur Zeit fehlte tatsächlich. Es ist mir rätselhaft, sagte ich und fragte: Was machen wir denn nun? Statt mir präzis zu antworten, wischte er eine ausgesonderte Quittung heran – Strauß für Dolmetscherin – und klärte mich darüber auf, daß Blumengeschenke nur bis zu einem Betrag von fünfzig Mark steuerlich absetzbar sind: die überzähligen sechs Mark könnten leider nicht anerkannt werden. Das waren diese drei Gerbera, sagte ich, diese drei mit den schwächlichen, drahtgestützten Stengeln, die ich nur aus Mitleid nahm. Pützmann überhörte meine Bemerkung, den allzu diskret geratenen Spott; vermutlich war er andere Reaktionen gewöhnt, erregte, lautstarke Gegenfragen, grollende Proteste, denen er, daran gab es für mich keinen Zweifel, am Ende die Nutzlosigkeit bewies. Ich sah auf seinen feisten, von kleinen Narben gesprenkelten Nacken hinab und ließ ihn allein.
Mit einer Willensanstrengung, die ich mir in sieben Jahren antrainiert hatte, verdrängte ich Pützmanns Anwesenheit und versuchte, mich auf die »Wegbeschrei-

bung« zu konzentrieren. Wie geschichtsträchtig unsere Straßennamen waren, was alles sie in Erinnerung riefen: entlegene Siege der Namensgeber, ihre politischen Verdienste und ihre gescheiterten Reformen; aber sie verwiesen auch auf historische Verhängnisse und auf das Bedürfnis, prekäre Ereignisse durch Umbenennungen vergessen zu machen. Auf einmal wußte ich es, plötzlich fiel mir ein, daß ich, bevor ich zur Mackensen-Kaserne hinausfuhr, mein Honorar an der Kasse abgeholt und die Bescheinigung in die Brusttasche meiner wetterfesten Jacke gesteckt hatte. Von dem Honorar kaufte ich den Strauß für Ludmilla, den ich selbst zusammenstellte zur Freude der Floristin, die mein kompositorisches Geschick lobte. Die Quittung, die sie mir ausstellte, steckte ich in meine Brieftasche.

Nicht allein Ludmilla, all ihre Leute versicherten mir, daß es der schönste Strauß sei, den sie je gesehen hätten; als Vase nahm sie einen Marmeladeneimer, den Igor aus der Kantine holte und kunstvoll mit Stanniolpapier beklebte. Sie betrachteten den Strauß als Glückwunsch, denn sie hatten tagsüber erfahren, daß ihr Aufenthalt in der Kaserne sich dem Ende näherte, sie kannten auch bereits den Namen des Ortes, in den sie ziehen sollten, eine Siedlung am Rande der Lüneburger Heide, Uhlenbostel. Sergej Wassiljewitsch, Ludmillas Vater, hatte sich schon einen »Führer durch die Lüneburger Heide« beschafft, hatte den auch, wie er sagte, mit gutem Eifer studiert, zeigte sich aber enttäuscht, da er nichts über jagdbare Tiere hatte finden können. Als Ludmilla und

ich aufbrachen, lud er mich für mindestens eine Woche nach Uhlenbostel ein.
Wir fuhren in die Stadt, ich zeigte Ludmilla das Rathaus, die berühmten Hotels, ich führte sie an die Alster und an die Außenalster und wunderte mich, daß ich ihr so viel erklären konnte. Sie brachte für meine Erklärungen nur höfliches, pflichtschuldiges Interesse auf, doch dann standen wir auf der Krugkoppelbrücke, und beim Anblick des Zweier-Kanus, das unter uns vorüberglitt – sanft und geräuschlos und wie an einer Schnur gezogen –, leuchtete ihr Gesicht auf. Sie war so erfreut, daß sie dem jungen Burschen, der lässig das Stechpaddel hielt, zuwinkte. Als das Kanu auf den Steg des Bootsverleihers zuhielt, sagte Ludmilla: Auf dem großen Fluß Tschulym ich hatte auch ein Kanu, manchmal man glaubt zu gleiten, manchmal zu schweben.
Ich mietete das Kanu für zwei Stunden. Ludmilla wollte das Steuerpaddel führen. Es war windstill. Feine Ölspuren funkelten auf dem Wasser, Eiderenten schnitten unseren Kurs, gemächlich, genau kalkuliert. Wir fuhren unter der Brücke hindurch und scherten in den Kanal ein, dessen Ufer mit Pfählen befestigt war. In den stillen, zum Wasser abfallenden Gärten saßen alte Leute unter Sonnenschirmen. Um einem weißen Motorschiff auszuweichen, lenkte Ludmilla das Kanu aus der Kanalmitte auf eine mächtige Trauerweide zu, deren dichtes, hängendes Geäst bis ins Wasser reichte. Ich stoppte unsere Fahrt, indem ich in das schlanke Geäst griff und festhielt. Die Wellen des Motorschiffes hoben unser

Kanu leicht an, brachten es zum Tänzeln, und jetzt entdeckte Ludmilla den toten, dümpelnden Fisch, eine schwere Brasse, die sie erfolglos mit dem Paddel ins Boot zu heben versuchte. Zu schwer, sagte sie, zu glatt, und wollte es aufgeben. Ich drehte mich um, kroch behutsam zu ihr und forderte sie zu einem gemeinsamen Versuch auf, doch anstatt den Fisch einzuklemmen, behinderten sich unsere Paddel, stießen aneinander, überlagerten sich in konkurrierenden Bemühungen, und als ich die Beute mit einem flachen Schlag in Griffweite heranzwingen wollte, schwankte das Kanu so heftig, daß wir uns aneinander festhielten. Überwältigt von plötzlicher Nähe, küßte ich Ludmilla, küßte sie schnell durch den Vorhang aus hängendem Weidengeäst, das Lichtsplitter über ihr Gesicht huschen ließ. Ludmilla schien nicht überrascht.

Das Gesicht ihr zugewandt, blieb ich in unveränderter Stellung sitzen, während sie uns mit sachten Paddelschlägen ins Gleiten brachte. Bereitwillig erzählte sie von ihrer Arbeit mit Tim, von seiner Wunderküche, seiner Phantasie, seiner Ausdauer beim Fotografieren; obwohl sie ihm erst wenige Male assistiert hatte, glaubte sie bereits entdeckt zu haben, worauf es bei seiner seltsamen Tätigkeit ankam. Und was ist das? fragte ich. Ludmilla dachte einen Augenblick nach und sagte dann: Alles, was Tim erfindet und schön auf den Teller bringt, es ist gedacht für Leute, die schon satt sind. Armut will nur satt werden, aber das gilt nicht für Tim. Er arbeitet für die, die mit den Augen essen, er ist Appetitmacher für Leute ohne Hunger. Und sie lobte seine Geduld und seine Fröhlichkeit und erzählte, daß er sie immer beim Essen fotografierte, wobei sie die Augen schließen mußte in versonnenem Genuß. Wörtlich sagte sie: Tim, er kann Komplimente regnen wie kein anderer. Ich weiß, sagte ich, ich weiß, aber auf seine Komplimente dürfen Sie nichts geben, er äußert sie nur deshalb, weil er nicht ganz zufrieden ist. Sie schüttelte den Kopf, als könnte sie mir nicht glauben, und sah über mich hinweg.

Wie gefühlvoll sie das Paddel führte, einstach, ausbrach und dabei mit einer kleinen steuernden Bewegung Kurs hielt; so, zu ihren Füßen auf dem Boden des Kanus hokkend, ihre Erscheinung fortwährend im Blick, wäre ich bereit gewesen, über sämtliche Wasserwege Hamburgs zu gleiten. Wir fuhren an privaten Stegen vorbei, an denen Ruderboote vertäut waren, und dort, wo ein öffentlicher Wanderweg neben dem Kanal hinlief, stieß Ludmilla das Paddel auf einmal so kraftvoll ins Wasser, bremste so energisch ab, daß das Kanu alsbald still lag. Sie deutete voraus, auf ein geschichtetes, ringförmiges Schwanennest, vor dem ein zottiger schwarzer Hund stand, geduckt, anscheinend zum Angriff bereit. Der Schwan stand auf dem Nest, stand da mit flach gerecktem Hals und stieß kurze klickende Laute aus – Warnlaute. Sobald der Hund – wie zur Probe – einen Sprung nach vorn machte, öffnete der Schwan seine Schwingen, wuchs breit und drohend auseinander, und da der Hund sich nicht abschrecken ließ, machte er ein paar peitschende Bewegungen, die ein hohes Pfeifgeräusch

hervorriefen. Meine Versuche, den Hund durch Gesten und harte Befehle zu vertreiben, waren erfolglos, unterbrachen nicht seine wütende Angriffslust. Wie sehr ich mir einen Stein, einen Knüppel wünschte!
Plötzlich, nie werde ich's vergessen, erklang neben mir ein Ton, ein dunkler, elegischer Heulton, ein Ton der Klage und des resignierten Verzichts, und ich sah, wie der Hund schreckhaft erstarrte. Der klagende Ton schwoll an, jetzt schien er etwas bekanntzugeben, schien zu fordern, und während mir ein Schauer über den Rükken lief, glaubte ich ein weites Schneefeld unter dem Mond zu sehen, über das gedrungene Schatten zu einem Wald flohen. Der Hund warf auf einmal den Kopf zurück, brachte aber keinen Ton hervor; nach einem Augenblick, in dem er wie gebannt dastand, klemmte er den Schwanz ein und zog sich zurück. Nachdem sich der Schwan auf dem Nest niedergelassen hatte – achtsam, plusternd und so unerregt, als sei nichts Bemerkenswertes geschehen –, wandte ich mich Ludmilla zu. In meine wortlose Verblüffung hinein sagte sie lächelnd: Ist ihre Ursprache; alle großen Hunde verstehen sie. Vielleicht ist es nützlich, diese Sprache zu lernen, sagte ich und fragte: Sind Sie bereit, mir Stunden zu geben? Mit Freude, sagte Ludmilla, und für Sie kostenlos.
Weil die Stille nichts Gutes verhieß, betrat ich unter einem Vorwand die Küche. Pützmann blickte nicht auf, er schien mich kaum wahrzunehmen, doch als ich die Flasche mit dem Mineralwasser öffnete, machte er mich, auf den Tisch hinabsprechend, darauf aufmerk-

sam, daß in der beruflichen Fortbildung nur steuerlich absetzbar sei, was einen unmittelbaren Bezug zu ausgeübter oder beabsichtigter Tätigkeit habe, also zum Beispiel Sprachunterricht für den Beruf des Fremdsprachen-Korrespondenten. Die beiden Eintrittskarten, die zum Besuch des Museums für Kunst und Gewerbe berechtigten, könne er leider nicht anerkennen, er sehe in diesem Fall nicht die Absicht der Fortbildung.
Ich zwang mich zur Ruhe, ich sagte: Die Ausstellung war der Geschichte der Fußbekleidung gewidmet, der Fußbekleidungskunst. Also Schuhe, sagte er gutmütig. Ja, sagte ich, Schuhe, nach Ihrem Verständnis nur kurzlebige Wirtschaftsgüter. Aber in dieser Ausstellung wurde einem vor Augen geführt, was dem Menschen Halt und Schutz gab, womit er Wüsten und winterliche Tundren durchquerte, was ihn wärmte und ihn vor dem Absturz bewahrte beim Ersteigen der Gebirge. Kennen Sie die soziale, die gesellschaftliche Bedeutung der Fußbekleidung? Haben Sie schon etwas vom hierarchischen Wert der Schnallenschuhe erfahren, des Schnabelschuhs, des Stelzenschuhs? Diese Ausstellung zeigte nichts weniger, als daß menschliches Leben auch an der Geschichte der Fußbekleidung ablesbar ist. Pützmann nickte, er schien einverstanden, doch dann fragte er: Aber inwiefern betrachten Sie diesen Ausstellungsbesuch als Fortbildung, als Fortbildung für einen Schriftsteller? Sehen Sie, sagte ich, wir sammeln Erfahrungen, ohne zunächst zu wissen, wann sie verwendbar sind, absichtslos. Und das ist meine Art der Fortbildung: ich

verproviantiere mich mit Erfahrungen für einen Notfall, für einen Ausdrucksnotfall. Pützmann schwieg, offenbar erwog er etwas, konterte eines durch ein anderes; dann sagte er: Wenn es so ist... In diesem Augenblick erinnerte ich mich des Ratschlages, den mir der große Lasarek gegeben hatte: Wenn sie dich prüfen, hatte er mir empfohlen, wirf ihnen einen Knochen hin, gönn ihnen einen kleinen Sieg, ihr Triumph wird dir nützlich sein. Schnell sagte ich: Also einverstanden, vielleicht ist Fortbildung doch ein zweifelhafter Wert, zumindest für mich. Ich sagte es, nahm die Eintrittskarten vom Tisch und wollte sie einstecken, aber Pützmann forderte sie zurück. Ich glaube, es läßt sich verantworten, sagte er.

Hand in Hand verließen wir die Ausstellung im Museum für Kunst und Gewerbe. Ludmilla war begeistert, war verwundert und übermütig, und als wir an einer Ampel warten mußten, zeigte sie plötzlich auf meine Schuhe und dann auf ihre Schuhe, drückte ihr rechtes gegen mein linkes Bein, so daß unsere Schuhe sich berührten, und kopfschüttelnd und mit gespieltem Befremden sagte sie: Was die alles hinter sich haben, und was sie könnten erzählen aus ihrer Geschichte. Und von Wegen und Zielen, sagte ich. Und vom Gehen im Sand und auf Glatteis und manchmal auch im Sumpf, sagte Ludmilla. Und vom Überqueren einer Kreuzung unter Lebensgefahr, sagte ich und zog sie entschlossen mit mir.

Wir schlenderten in Richtung zum Hauptbahnhof. Wir umrundeten zwei krüppelfüßige Tauben, die ergebnislos an einer langen, anscheinend harten Brotrinde herumpickten. Dann standen wir vor dem Kiosk, und ich sah sie sofort, erkannte sie auf den ersten Blick unter hundert Titelbildern, mit denen der Kasten bepflastert war. All die flachen, hübschen, geheimnislosen Gesichter – Ludmilla bewies ihnen ihre Alltäglichkeit, verdrängte, überstrahlte sie. Nichts an ihrem Gesicht wirkte zurechtgemacht; wissend, mit ihrer träumerischen Verschmitztheit, blickte sie vom Titelblatt der »Feinschmeckerin« – Tim hatte sie lediglich dazu gebracht, ihre Lippen geschlossen zu halten. Ich kaufte drei Exemplare der »Feinschmeckerin«. Ich gratulierte Ludmilla und küßte sie auf beide Wangen und war erstaunt über die Gelassenheit, mit der sie meinen Glückwunsch entgegennahm; anscheinend war ihr nicht aufgegangen, wieviel es bedeutete, auf ein Titelblatt geraten zu sein. Ich legte meinen Arm um ihre Schulter, und sie war einverstanden. Sie stimmte mir auch zu, als ich ihr vorschlug, eine große Portion Eis zu essen.

An dem dunkel gemaserten Marmortisch breitete ich die »Feinschmeckerin« aus, betrachtete Ludmilla, die mit vorgebundenem Schürzchen vor einem blitzblanken Herd stand und um Aufmerksamkeit für eine silberne Speisenplatte warb, auf der mehrfarbig und durchaus kunstvoll ein Hauptgang arrangiert war. Während ich das Kunstwerk auf mich wirken ließ, sagte Ludmilla: Tim hat es komponiert. Das sieht man, sagte ich, vermutlich geschnetzelter Albatros mit Gemüseperlen und

Schokoladensauce. Du hast vorbeigeraten, sagte Ludmilla fröhlich, auf der nächsten Seite Tim hat erklärt, was es ist: Tatar vom Steinbutt mit Artischockenherzen und Safranreis. Nach den Aufnahmen ich habe es selbst probiert. Ich nahm ihre Hand, fühlte nach ihrem Puls und sagte: Gott sei Dank, du hast es überlebt.
Der Kellner, der uns das Eis brachte, bemerkte offenbar nicht, daß das Titelbild der »Feinschmeckerin« leibhaftig neben mir saß; wortkarg servierte er unsere Portionen und kassierte gleich ab, eine sonderbare, mir bisher unbekannte Art der Enttäuschung hinterlassend. Verblüffung war das mindeste, was ich von ihm erwartet hatte. Ludmilla schien unberührt von der ausgebliebenen Identifizierung, sie löffelte ihr Eis, löffelte rasch und immer rascher, und dabei blickte sie ein paarmal an mir vorbei zu einem Geschäft hinüber, einem Geschäft für Haushaltswaren. Und auf einmal stand sie auf und entschuldigte sich für einige Minuten und steuerte zielstrebig, mitunter durch den Verkehr tänzelnd, auf das Geschäft zu. Ihr nachblickend, merkte ich, wie besorgt ich um sie war.
Das Paket, das sie vor mich hinstellte, war in lindgrünes Geschenkpapier eingeschlagen, auf dem etwas groß geratene Bienen im Kreuz- und Querflug abgebildet waren. Für dich, Heinz, sagte Ludmilla leise, möchte ich dir danken mit einer Kleinigkeit. Aber wofür denn, fragte ich, es gibt doch keinen Grund, mir zu danken. Es genügt, wenn *ich* den Grund kenne, sagte sie und fügte hinzu: Wenn du willst, du kannst es auspacken; ich

hab es zum ersten Mal bei Tim gesehen. Ich löste die Schnur, schlug das Papier auseinander und brachte den Karton zum Vorschein, auf dem tatsächlich ein Dampfkochtopf abgebildet war. Ich war so überrascht, daß ich nur fragen konnte: Was ist das denn? – worauf Ludmilla mir mit glücklichem Eifer die bei Tim gelernten Vorzüge des Dampfkochtopfes schilderte. Du mußt ihn ausprobieren, sagte sie, mit Dampf gegart, da erhält sich jedes Aroma in ursprünglicher Reinheit; das Wasser saugt aus, es stiehlt sich immer ein bißchen, aber der Dampf, er nimmt nichts fort, er macht, daß jedes Aroma siegt. Tim hat gesagt: Mit dem Dampfkochtopf wir huldigen der Natur. Während ich die auf dem Karton gedruckte Gebrauchsanweisung las, erzählte Ludmilla, daß Tim ihr den ersten Vorschuß gegeben und ihr gestern geraten hatte, über die Versteuerung des Betrags mit mir zu sprechen. Fast bin ich schwindlig geworden beim Zählen, sagte sie.

Und dann fragte sie: Freust du dich? und ich sagte: Aber gewiß, und ich würde mich noch mehr freuen, wenn wir das Ding gemeinsam ausprobierten. Das machen wir, sagte Ludmilla, nach der nächsten Unterrichtsstunde wir werden alles besprechen. Ich wußte nicht, was ich noch sagen sollte, als Ludmilla mir dafür dankte, daß ich ihr Geschenk annahm.

Auf die Klopfzeichen an der Tür sagte ich automatisch Herein, doch es war nicht Pützmann, der in mein Zimmer trat, sondern Kapitän Brodersen. Er fragte, ob er bei mir einen guten Klebstoff bekommen könne; er war beim Gießen der Lästerzungen einem der Möpse aus Porzellan zu nahe gekommen. Ich war froh, meinem Wirt helfen zu können, und fand, ohne lange suchen zu müssen, den Alleskleber. Bevor er mich verließ, linste er in die Küche und fragte laut: Ist das einer von der Zunft? Macht der auch Bücher? Ein Betriebsprüfer, sagte ich, er prüft meine Steuern. Na, so einer schmeckt uns gerade, was? sagte Kapitän Brodersen. Er zwinkerte mir zu, und ohne seine Stimme zu senken, sagte er: Nur nicht den Kopf einziehen, wir haben genug Stürme abgeritten; wenn Not am Mann ist, stehe ich zur Verfügung. Ich öffnete ihm die Tür. Ich sagte so laut, daß Pützmann mich verstehen konnte: Es gibt auch verständnisvolle Prüfer. Ein schneller Blick in die Küche zeigte mir Pützmann bei stirnrunzelnder Addition.

Die nächste Unterrichtsstunde in der Mackensen-Kaserne nahm einen unerwarteten Verlauf. Ich hatte vor, meine Zuhörer mit dem Thema: »Steuern und Abgaben in der Bundesrepublik Deutschland« oberflächlich bekannt zu machen, sie zumindest notdürftig einzuweisen in die ausgetretenen Pfade des Gesetzes-Dschungels, doch gleich zu Beginn hielt ein listiger Alter, ein ehemaliger Gerbermeister, ein Exemplar der »Feinschmekkerin« hoch und schlug Ludmilla und mir vor, über Speisen zu sprechen. Da sein Vorschlag von den anderen Zuhörern freudig unterstützt wurde, blieb uns nichts anderes übrig, als Tims phantasievolle Gerichte zu erläutern. Ich bewunderte Ludmilla, die, von aufkommender Heiterkeit angesteckt, vergnügt interpretierte und für

nie gehörte Namen Äquivalente fand. Es gelang ihr, Kalbsessenz in Avocadoschalen ins Russische zu übersetzen, sie ließ die Zuhörer ahnen, wie mit Pflaumen gefüllte Tauben in Rosmarinsauce schmecken, und mit Hilfe einer Umschreibung erklärte sie ihnen, was Schildkrötenconsommé ist. Die Zuhörer stießen sich an, sie glucksten, eine massige Frau schüttelte sich wie in Abwehr, und Sergej Wassiljewitsch bekam einen verlorenen Blick, als lauschte er der Wirkung eines unbekannten Gifts in seinem Körper. Der Gerbermeister reichte die Zeitschrift weiter, die nun von Hand zu Hand ging, alle vertieften sich ins Titelbild, verglichen es unwillkürlich mit der leibhaftigen Ludmilla, und ein Lächeln der Zuneigung und Anerkennung erschien auf manchen Gesichtern. Ohne Zweifel lag es an Ludmillas Bild, daß die Diskussion sich belebte; auch Zuhörer, die sonst nur in stummer Ergebenheit dasaßen, mit dem Gleichmut, der von gemeistertem Leben in schwersten Lagen zeugte, beteiligten sich, wollten etwas über die Konservierung von Lebensmitteln wissen und über die Bekömmlichkeit einer gewissen Chemie.
Als wollten wir uns noch über das Thema der nächsten Unterrichtsstunde verständigen, blieben Ludmilla und ich in der ehemaligen Kleiderkammer der Kaserne, während unsere Zuhörer, angeregt wie noch nie zuvor, den Raum verließen. Endlich waren wir allein. Wir sahen uns an. Ohne ein Wort gingen wir aufeinander zu und küßten uns. Freust du dich? Ich freu mich! Da sie mit Tim verabredet war und ich noch eine Aufnahme

im Funk hatte – »Gedanken zur Zeit: Über das Bedürfnis nach Gewißheit« –, gab ich Ludmilla meinen zweiten Wohnungsschlüssel, nur für den Fall, daß es regnete und ich noch nicht zu Hause wäre. Mach's dir schon gemütlich, sagte ich und versprach, mich zu beeilen. Bevor ich zur Aufnahme fuhr, kaufte ich ein, vor allem Gemüse, an dem der Dampfkochtopf sich beweisen sollte: junge Erbsen, denen er ihre verborgene Süße bestätigen würde, Karotten, Kohlrabi; dazu besorgte ich Schweinerippchen. Ich trug alles nach Hause, und da mir Zeit genug blieb, putzte und wusch ich noch das Gemüse und deckte den Tisch.
Meine Aufnahme verzögerte sich. Das Studio war von einer eilig zusammengerufenen Diskussionsrunde besetzt, die die möglichen Folgen eines politischen Attentats erörterte. Dann las ich meinen Text; ich versuchte zu beweisen, daß uns die Gewißheiten, die uns einst die Religion verschaffte, nicht mehr zufriedenstellten; daß uns aber auch die Wissenschaften, auf die wir so viele Hoffnungen setzten, keine dauerhaften Gewißheiten brachten. Überzeugt davon, daß unsere Einsichten nur vorläufig, unsere Kenntnisse überholbar seien, plädierte ich für den Zweifel als Grundhaltung des Lebens. Der Toningenieur versicherte mir, daß er sich nicht einen Augenblick gelangweilt habe.
Länger ist mir eine Heimfahrt noch nie vorgekommen als an jenem Abend. Fast wäre ich in Altona einen Bus-Stopp zu früh ausgestiegen. Beim Anblick der erleuchteten Fenster verlangsamte ich meine Schritte, unwill-

kürlich versuchte ich mir vorzustellen, wie ich Ludmilla antreffen würde – lesend? schlafend? in der Küche hantierend? Leise schloß ich auf, nicht nur im Zimmer, auch in der Küche brannte Licht. Ludmilla war nicht da. Was war geschehen? Warum hatte sie meine Wohnung verlassen? Der nächste Schritt brachte mir den Beweis, daß sie dagewesen war; ich trat auf etwas Hartes und hob den Schlüssel auf, den ich ihr gegeben und den sie durch den Briefschlitz in der Tür geworfen hatte. Sie war dagewesen, ich erkannte es auch an den zerdrückten Kissen auf der Schlafcouch, an dem Trinkglas, das auf dem Kühlschrank stand. Da ich es für ausgeschlossen hielt, daß sie gegangen war, ohne einen Gruß, eine Nachricht zu hinterlassen, suchte ich den zugewachsenen Schreibtisch ab, suchte in der Küche und auf dem Buchregal, doch ich fand nichts, kein Zeichen, keine Erklärung. Ich rief Tim in seiner Experimentierküche an, wo er noch zu abendlicher Zeit an der Verfeinerung des allgemeinen Geschmacks arbeitete. Tim war erstaunt, daß Ludmilla nicht bei mir war; Tim sagte: Und ich glaubte euch seit Stunden bei einem Liebesmahl nach Hausmannsart. Er sagte auch: Vielleicht will sie nur noch etwas besorgen, wart nur ab. Nachdem ich noch nahezu zwei Stunden gewartet hatte – grübelnd und bei jedem Schritt aufspringend, den ich hinter dem Fenster hörte –, räumte ich den gedeckten Tisch ab, stopfte alles, was für den Dampfkochtopf gedacht war, in das Gemüsefach des Kühlschranks und legte mich angezogen auf die Schlafcouch.

Fast hätte ich Pützmanns Stimme nicht erkannt, sie klang unsicher, schüchtern beinahe, als er mich zu sich rief und mich zu meinem Erstaunen bat, ihm meine Novelle »Die Einbürgerung« für ein paar Tage zu leihen; er versprach, sie gleich nach der Lektüre zurückzuschikken. Mein Erstaunen hielt an. Er zielte mit seinem Kugelschreiber auf einen Beleg, den ich mir für eine repräsentative Pralinenschachtel hatte geben lassen, einem Geschenk für die verantwortliche Sachbearbeiterin auf dem Bezirksamt, die mir bereitwillig die Probleme der Einbürgerung erläutert hatte. Es geht hier um ein Geschenk, sagte Pützmann. Um selbstverständlichen Dank, sagte ich, um einen Dank für Informationen, ohne die ich meine Novelle nicht hätte schreiben können. Gut, gut, sagte Pützmann, das ist ja auch nicht zu beanstanden, doch statt den Namen der Sachbearbeiterin auszuschreiben, haben Sie nur ihre Initialen genannt: J. F.; könnte es sein, daß die Dame Julia Freese heißt? Sie heißt so, sagte ich. Anscheinend konnte er nicht verhindern, daß ein bedauerndes Lächeln über sein Gesicht glitt, und ohne daß ich ihn danach gefragt hätte, sagte er: Wir waren einmal Verbündete, Frau Freese und ich. Wir schrieben gemeinsam mehrere Artikel, in denen wir uns für das Streikrecht von Beamten einsetzten. Kennen Sie unsere Zeitschrift »Der junge Beamte«? Nicht? Na, jedenfalls schrieben wir für diese Zeitschrift und unterzeichneten jeden Artikel mit unseren beiden Namen. Pützmann bedachte sich, schüttelte den Kopf, als könnte er nicht verstehen, was danach

geschah. Um ihm mein Interesse zu bekunden, fragte ich, ob die Verbindung immer noch bestehe, worauf er eine Weile schwieg und dann mit sachlicher Stimme feststellte: Ein Problem brachte uns zusammen, und als es nicht mehr existierte, endete die Zeit der Gemeinsamkeit; so ist es mitunter. Offenbar fürchtete er auf einmal, zuviel von sich selbst preisgegeben zu haben, denn er beachtete mich nicht mehr und widmete sich abrupt meinen Einnahmen.
Am Schreibtisch sah ich es ein: es war hoffnungslos, die Arbeit an der »Wegbeschreibung« fortzusetzen. Pützmanns Gegenwart lenkte mich zu sehr ab, versetzte mich in einen Zustand unruhiger Bereitschaft. Ich beschloß zu warten – auf die Schlußbesprechung, die am Ende einer Prüfung steht und die, nach allem, was ich erfahren habe, für den Geprüften niemals gut ausgeht. Und während ich wartete, dachte ich an die kühlen Blocks der Mackensen-Kaserne, hörte wieder meinen Schritt auf dem Korridor, an dem die Stube der Fiedlers lag. Da Ludmilla sich weder bei Tim noch bei mir gemeldet hatte, fuhr ich hinaus, in der Gewißheit, daß ich sie bei ihren Leuten finden würde. Ich mußte erfahren, warum sie grußlos fortgegangen war. Welch ein Aufruhr! Welch eine stumme Geschäftigkeit! Schwer bepackte Männer und Frauen kamen mir auf dem Korridor entgegen, sie schleppten Bündel, Kartons, geschnürte Pappkoffer, ein Paar trug einen alten geflochtenen Strohkorb, dessen Gewicht sie fast niederzwang, eine Frau hielt in ihren Armen eine Wanduhr

wie ein schlafendes Kind. Keine Rufe waren zu hören, keine Ermunterungen, niemand hielt zur Eile an. Ruhig schleppten sie ihre dürftige Habe, die sie in einer anderen Welt ausgewählt und gepackt hatten, zu den Umzugstransportern hinab, die auf dem Kasernenhof standen. Obwohl der Notaufenthalt für sie vorüber war und die bevorstehende Reise in ein dauerhaftes Zuhause führte, herrschte keine heitere Aufbruchsstimmung.
Vor der Stube, in der Fiedlers gewohnt hatten, stieß ich mit Sergej Wassiljewitsch zusammen, der sich eine hölzerne, blau-gelb bemalte Truhe aufgeladen hatte. Es schien die letzte Last zu sein, die er fortschleppte, denn an ihm vorbeiblickend sah ich sofort, daß der Raum leer war, bedrückend leer. Er ächzte. Er musterte mich schnell aus den Augenwinkeln. Er war nicht bereit, die wuchtige Truhe abzusetzen. Das einzige Wort, das er zur Begrüßung herauspreßte, hörte sich an wie »Professor«. Ich bot ihm an, die Truhe gemeinsam zu tragen; er lehnte es blickweise ab und strebte mit einem vom Gewicht beschleunigten Gang der Treppe zu. Stufe für Stufe begleitete ich ihn hinab und auf den Hof hinaus und zu dem Umzugstransporter. Hier konnte ich ihm helfen, die Truhe auf die Ladefläche zu schieben. Mineralien, sagte er und verschnaufte und fügte nach einer Weile hinzu: Alles Andenken an nutzlose Reichtümer.
Er ahnte nicht nur, er wußte, daß ich Ludmilla suchte, und um meiner Frage zuvorzukommen, erzählte er, daß sie und Igor mit dem Frühzug vorausgefahren waren,

nach neuer Heimat Uhlenbostel. Er kletterte auf die Ladefläche, begann zu stauen, zu zurren, und ohne mich anzusehen, sagte er: Ludmilla hatte eine schlechte Nacht, aber am Morgen es ging ihr schon besser. Jetzt, wie sagt man, ist sie unser Vorauskommando, da braucht sie alle Hände und Sinne. Hat sie etwas hinterlassen für mich, fragte ich, eine Nachricht vielleicht oder nur einen Gruß? Vertieft in seine Tätigkeit, sagte er: Ich bedaure, Herr Professor, Ludmilla hat uns nichts aufgetragen. Ich verabschiedete mich nicht gleich, ich blieb noch stehen und sah ihm zu, wartete darauf, daß er seine Einladung, sie alle in Uhlenbostel zu besuchen, wiederholte, nicht so ungestüm wie einst, nicht für eine ganze Woche, aber doch so, daß mir die Aussicht blieb, Ludmilla bald wiederzusehen. Er erwähnte die Einladung nicht mehr.

Einen klaren Korn, wie ich ihn brauchte, wagte Pützmann nicht anzunehmen, doch da er mich ungeniert um eine Tasse Kaffee bat, setzte ich Wasser auf und blieb, bis es kochte, bei ihm in der Küche. Eine Hand auf dem Kessel, der sich unendlich langsam erwärmte, beobachtete ich Pützmann bei seiner Arbeit und überlegte, was ihn zu diesem Beruf gebracht haben könnte. War es mangelndes Eigenleben, so fragte ich mich, das nach einem Ausgleich verlangte bei der peniblen Durchdringung fremden Lebensstils? War es finanzpädagogischer Eros, der seine Erfüllung suchte in tadelloser Steuermoral des Staatsbürgers? Oder waren es die Wonnen legaler Schnüffelei, Neugierde, die ihre Sättigung im

Aufspüren von Unkorrektheit fand? Sein volles, kindliches Gesicht ließ nicht einmal eine Vermutung zu, und die Geruhsamkeit, mit der er sortierte, addierte, verglich und benotete, widersprach jeder Annahme, er sei an lustvoller Aufdeckung von Unregelmäßigkeiten interessiert.

Als ich den Kaffee brühte, hob er das Gesicht und schnupperte und gestand mir, daß seine Aufmerksamkeit von Zeit zu Zeit »absacke« und er sich aufhelfen müsse mit einem inspirierenden Getränk. Ich weiß nicht, was man sich in Ihrem Fall wünschen sollte, sagte ich. Er hatte verstanden, er blickte mich belustigt an, und als fiele ihm prompt ein, was er bereits übersehen hatte, fischte er den Beleg für ein Tonbandgerät heraus und hielt ihn mir hin. Ein Aufnahmegerät, sagte ich, es ist für meinen Unterricht bestimmt und deshalb wohl absetzbar, oder nicht? Selbstverständlich, sagte Pützmann, was der unmittelbaren beruflichen Nutzung dient, ist anzuerkennen. Aus dem Beleg geht hervor, daß Sie sich für ein preiswertes Gerät entschieden haben; und da also auch die Verhältnismäßigkeit gewahrt ist, können Sie es steuerlich geltend machen. Das wollte ich meinen, sagte ich. Und dann fragte er: Darf ich das Gerät einmal sehen, und ich sagte: Aber selbstverständlich, es steht neben meinem Schreibtisch, es ist noch so gut wie unbenutzt.

Der Prüfer beugte sich über das Gerät, er nickte zufrieden, anscheinend einverstanden mit der bescheidenen Ausführung, mit der leicht beherrschbaren Technik.

Gewiß hatte er nicht die Absicht, die Funktionsfähigkeit meines Geräts zu prüfen; leicht strich er darüber hin, und dabei drückte er wie aus Versehen die Wiedergabetaste und löste ein dunkles Rauschen aus. Sogleich suchte er nach der Stopptaste, doch noch ehe er sie fand, hörte das Rauschen auf, und eine unsichere, gehemmte Stimme war zu hören, Ludmillas Stimme. Vielleicht bemerkte Pützmann die Wirkung, die die Stimme auf meinem Gesicht hervorrief – die Ungläubigkeit, das schreckhafte Erstaunen –, jedenfalls verharrte sein Zeigefinger über der Stopptaste.
Ludmilla sprach zu mir, sie redete mich förmlich mit »lieber Heinz« an, schluckte, setzte nach einer Pause von neuem an, und ich spürte, wie sie sich zwingen mußte, weiterzusprechen. Ihr war ein Mißgeschick passiert; bei dem Versuch, ein Buch aus dem Regal zu ziehen, war ein Karton auf den Boden gefallen. Sie sagte: Was rausgeflattert ist, ich wollte es nicht lesen. Aber dann hatte sie doch einige der Belege gelesen, in jedem Fall die, aus denen sie erfuhr, welche Unkosten ich bei der Steuer geltend machen wollte. Ich war so gelähmt, so verzweifelt, daß es mir nicht gelang, die Stopp-Taste zu drücken. Zum Schluß sagte sie: Danke für alles. Ich will versuchen, mich an den Gedanken zu gewöhnen, daß man hier alles von der Steuer absetzen kann. Alles. Und nach einer Pause setzte sie hinzu: Traurig grüßt die abgeschriebene Ludmilla. Ein Schluchzer, ein Knacken, dann wieder das Rauschen.
Pützmann wandte sich ab und ging ohne ein Wort in die

Küche, und ich brauchte mich nicht zu vergewissern, ich sah sofort, daß er sich noch einmal den Stapel mit den bereits kontrollierten Belegen vornahm. Ich ging ihm nicht nach. Ich wußte einfach nicht, was ich zu meiner Rechtfertigung hätte sagen können: ich wußte nur – plötzlich, unwiderruflich –, daß ich jede seiner Entscheidungen ohne Einspruch annehmen würde.

Atemübung

Schaut auf diese Bucht, sagte Gerold, dort unten ist es. Ohne den Motor abzustellen, hielt er an einer Passierstelle der engen Straße und machte eine präsentierende Geste, gerade als wolle er uns den schimmernden Strand schenken und die träge auslaufenden Wellen. Dann suchte er meinen Blick, forschend, ausdauernd, und fragte leise: Versöhnt, Hannah? Und da ich ihm nicht antwortete, wandte er sich an seinen Assistenten und an Nicole, die hinter uns saßen, und wartete auf ein Wort der Begeisterung. Da die beiden aber nur stumm dahockten, stumm und anscheinend betäubt vor Hitze, glaubte er sich selbst belobigen zu müssen. Seht ihr, sagte er, am Ende haben wir's gefunden und werden für alle Irrfahrten entschädigt, und er nickte zu dem kolorierten Schild hinüber. Das Schild bestätigte, daß dort unten, von bröckelnden grauen Felsen eingeschlossen, der »Club Delphin« zu finden war, eine Ansammlung von winzigen, strohgedeckten Bungalows, die nur einen knappen Schatten auf den Strand warfen.
Langsam fuhren wir die holprige Straße hinab, über kantiges Gestein, das den Wagen schlingern und ruk-

keln ließ; ich drehte das Fenster herunter und spürte sogleich den sanften Meerwind, spürte ihn als Wohltat auf meinem brennenden Gesicht. Ein schneller Blick in den Rückspiegel zeigte mir, daß Lammers immer noch Nicoles Hand hielt; auf ihren Gesichtern lagen weder Freude noch Erleichterung, alles, was sie preisgaben, war eine träge Besorgnis – vermutlich bedauerten sie wie ich, sich auf Gerolds Plan zu einem gemeinsamen Kurzurlaub eingelassen zu haben.
Vor einem weißlackierten Schlagbaum hielten wir, es war niemand zu sehen. Gerold stieg aus und tat, wozu eine Aufschrift in drei Sprachen aufforderte: er schlug eine Schiffsglocke an, die an einem metallenen Galgen baumelte, er schlug gleich mehrmals, als wolle er nicht allein unsere Ankunft signalisieren, sondern auch zu erkennen geben, daß wir frohgestimmte Leute waren, bereit, alles mitzumachen. Während ich dem feinen, ziehenden Schmerz nachlauschte, den der harte Glokkenton in meinem Kopf auslöste, stellte Gerold sich vor ein wappenartiges Willkommensschild, das zwei Delphine im Sprung zeigte. Er winkte uns aus dem Wagen, er schlug vor, uns gegenseitig vor dem Schild zu fotografieren, doch bevor Lammers noch den Apparat eingestellt hatte, erschien Emily. Emily war barfuß. Sie hatte sich eine Hibiskusblüte ins schwarze Haar gesteckt; ihr fettloser, trainierter Körper war tief gebräunt. Sie war lediglich mit einem lächerlichen Baströckchen bekleidet, das bei ihren Schritten leise raschelte; ihre kleinen, harten Brüste waren unter einem

Stoff verborgen, der gewiß auch als Krawatte getragen wurde. Lächelnd hieß sie uns willkommen und stellte sich als Animateurin des »Clubs Delphin« vor, von der Clubleitung beauftragt, für Unterhaltung, Bewegung und Frohsinn zu sorgen. Dann stellte Gerold uns vor: mein Assistent Herr Dr. Lammers und seine Frau Nicole, meine Frau Hannah, Gerold Preising. Er hielt es für nötig, zu erwähnen, daß wir ausnahmslos voller Vorfreude seien. Emily nickte und ging uns voraus zum Büro, das in dem zentral gelegenen Bungalow eingerichtet war, ein runder, überraschend kühler Raum, in dem eine Hängematte aufgespannt war. Als ich eintrat, ließ sich ein blonder Bursche aus der Hängematte kippen, fing sich geschickt ab und legte das Buch, in dem er gelesen hatte, auf einen roten Transistor. Ich bin Maurice, sagte er und begrüßte uns mit Handschlag. Er trug eine lange weiße Leinenhose, sein Oberkörper war nackt. Er setzte sich an einen schmalen Tisch, auf dem einige Ordner standen, und ließ sich von Gerold die Bestätigungsformulare und Quittungen reichen, die er nur flüchtig anschaute. Sie also sind der Professor, sagte er, wir haben Sie und Ihre Freunde bereits erwartet. Während er einen Ordner aufschlug und unsere Platzbestellung heraussuchte, klärte Emily uns freundlich darüber auf, daß hier niemand mit seinem Titel oder Nachnamen angesprochen werde, hier im Club sei einer des anderen Gefährte, man duze sich selbstverständlich und rede sich nur mit Vornamen an; dies gehöre zur Tradition des Clubs, es schaffe Nähe und steigere den Gemeinschaftssinn. Unwillkürlich mußte ich Lammers und Nicole anblicken; sie schienen nicht nur verblüfft, sondern auch betreten, anscheinend spürten sie bereits die gleichen Hemmungen, die mir zuzusetzen begannen. Ich war überzeugt, daß es mir nie gelingen würde, zu Nicole oder zu ihrem Mann du zu sagen. Nachdem wir die Formalitäten hinter uns gebracht hatten, wies Emily uns in die Örtlichkeit ein, zeigte uns den Speiseraum, die Süßwasserduschen, führte uns zu den windgeschützten Spielanlagen und brachte uns schließlich zu unserem Bungalow; wir bekamen Nr. 8, Lammers Nr. 9. Bevor sie uns verließ, bereitete sie uns darauf vor, daß das Abendessen gemeinsam eingenommen werde und daß sich bei dieser Gelegenheit Neuankömmlinge in einer kurzen Rede selbst vorstellten. Gerold tat, als freue er sich darauf. Eine unerträgliche Munterkeit erfüllte ihn, immer wieder breitete er die Arme gegen die Bucht aus, legte versonnen den Kopf schräg und seufzte albern und konnte sich nicht genug tun, diesen, wie er meinte, verwunschenen Platz zu loben. Als wir uns von Lammers und Nicole trennten, vermied er es, sie gleich mit ihrem Vornamen anzusprechen, er sagte lediglich: So, Kinder, dann bis später.

Ich setzte mich in einen Feldstuhl und überließ es Gerold, das Gepäck hereinzuschleppen. Mein Gesicht brannte, meine Füße brannten; ich spürte den Schweiß im Haaransatz und im Nacken und empfand ein leises Dröhnen im Kopf. Es schien mir unbegreiflich, daß ich

mich zu dieser Fahrt hatte überreden lassen, zu diesem Kurzurlaub in einem Club, der Gerold angeblich von einem Kollegen empfohlen worden war. Meine Befürchtung, daß wir uns deplaciert vorkommen müßten, wurde bereits durch die Begegnung mit Emily und diesem Maurice bestätigt: durch ihre Höflichkeit allein gaben sie uns zu verstehen, daß sie uns nicht zu ihresgleichen zählten. Gerold entging nicht meine Verdrossenheit, meine Gereiztheit; jedesmal, wenn er ein Gepäckstück absetzte, nickte er mir aufmunternd zu, tätschelte meine Schulter und riet mir, die Gewohnheiten zu vergessen und hier einfach nur das Spiel mitzuspielen. Es ist doch alles nur befristet, sagte er, laß dich mal fallen, gib deine Vorbehalte auf, und du wirst überrascht sein, wieviel Spaß das macht.
Mit einer Eilfertigkeit, über die ich mich nur wundern konnte, wechselte er seine Kleidung, er hängte Hose und Windjacke auf einen Bügel, stand für einen Augenblick nackt vor mir und bat mich, ihm das grüne Polohemd herauszusuchen und die Shorts und die Sandalen. Ein Gefühl des Erbarmens mit seinem mageren, blassen Körper überkam mich, gleichzeitig aber mußte ich daran denken, daß dies der große Nordist war, der Runenforscher, der einen der bedeutendsten Kommentare zum »Codex runicus« geschrieben hatte: Gerold Preising, der vielzitierte Inhaber des Lehrstuhls für Nordistik. Ich konnte nicht anders, ich mußte ihn fragen: Warum, Gerold, warum hast du uns hierher gebracht? – worauf er in sachlichem Tonfall sagte: Ich

habe Lammers und Nicole eingeladen, es ist eine Art Belohnung für seine Hilfsdienste, denn ohne ihn wäre die Arbeit über »Zauberrunen zum Schutz der Schiffe« noch nicht erschienen. Von seinem Assistentengehalt könnte er sich den »Club Delphin« nicht leisten. Bist du sicher, fragte ich, bist du ganz sicher, daß dies der einzige Grund ist? Welchen Grund sollte es denn sonst noch geben? sagte er unwillig, bückte sich zu einem verschnürten Packen hinab und löste die Lederriemen. Was ist denn das? Eine Luftmatratze, sagte er; ich habe erfahren, daß man hier in Hängematten schläft, und darum habe ich nicht zuletzt für dich die Matratze gekauft, für alle Fälle; daß sie blaurot ist, wird dich wohl nicht stören. Sie hat übrigens vier Kammern und kann mit dem Mund aufgeblasen werden. Mußten es ausgerechnet diese Farben sein, fragte ich, und er darauf: Es war die letzte, die sie im Kaufhof hatten; Lammers hat eine in den schwedischen Farben. Man hat uns versichert, daß sie im Wasser einen erwachsenen Menschen tragen. Zum ersten Mal zeigte Gerold sich mir in Bermuda-Shorts, er schien sich selbst zu gefallen, er merkte nicht, wie verboten er aussah; in seiner Entschlossenheit, sich hier zünftig zu geben, öffnete er die Knöpfe seines Polohemds, die er gerade geschlossen hatte. Anscheinend erriet er, warum ich den Kopf schüttelte, denn er sagte: Was hast du? – so alt sind wir nun auch wieder nicht. Und ungeduldig forderte er mich auf, den eigelben Strandanzug anzuziehen, den er für mich ausgesucht hatte. Komm, Hannah, mach

schon, steig endlich herab; ich sage dir etwas voraus, was du nicht für möglich hältst: die unschuldigen Freuden der Anpassung.
Auf einmal wurde eine Trommel geschlagen, die Trommel rief, sie warb und forderte, und als wir aus dem Bungalow traten, sahen wir Emily auf dem schimmernden Sandplatz; breit lächelnd hockte sie hinter zwei Bongo-Trommeln und winkte den Burschen und Mädchen zu, die sich lässig um sie versammelten. Gerold tastete nach meiner Hand und zog mich mit sich. Die Ruhezeit war vorüber, Emilys Unterhaltungsprogramm begann.
Es begann mit einem Rhythmus-Wettbewerb für Paare; der männliche Partner hatte die Trommel zu schlagen nach einem beliebigen Rhythmus, und die Mädchen hatten die Aufgabe, dem Rhythmus tänzerisch Ausdruck zu verleihen, barfuß, im weichen, warmen Sand. Wie rasch sich die Partner wählten; es verblüffte mich nicht, und ich war nur erleichtert, daß keiner der jungen Burschen auf den Gedanken kam, mich zu wählen. Ich traute meinen Augen nicht, doch die erste Tänzerin – sie war sommersprossig, aschblond – trug einen silbernen Skarabäus über dem Bauchnabel, den sie anscheinend so gut befestigt hatte, daß er beim Tanz nicht abfiel. Wir standen im Kreis und waren aufgefordert, nach jeder Darbietung Noten abzugeben, von eins bis sechs; daß Gerold, der sich wiegte, der so tat, als könne er dem Rhythmus nicht widerstehen, regelmäßig zu hohe Noten gab, überraschte mich nicht. Je länger die-

ser Rhythmus-Wettbewerb dauerte, je phantastischer die Tänze wurden und je unterhaltsamer die Stürze in den lockeren Sand sich ausnahmen, desto vergnügter wurde die Stimmung. Emily strahlte mit entblößtem Gebiß.
Dann aber erschienen mit erstaunlicher Verspätung Lammers und Nicole; er trug eine karierte Gymnastikhose und ein schlichtes Turnhemd, sie sehr knappe sandfarbene Shorts und eine rote Bluse, deren Enden sie vor dem Bauch propellerartig geknotet hatte. Nicht nur ich starrte sie an; alle wandten sich ihnen zu, vergaßen die Tänzerin, überhörten den Klang der Trommeln, verblüfft über Nicoles Erscheinung. Nie zuvor war sie mir so schön erschienen; es kam mir so vor, als hätte sie sich bei all unseren verflossenen Begegnungen mit adretter Biederkeit getarnt. Welch eine Verwandlung! Sie hatte ihr Haar, das sie sonst im Nacken gesammelt trug, gelöst und ließ es auf die Schultern hängen; auf ihrem Gesicht, das ich zwar als ebenmäßig, doch auch als unbeteiligt und schläfrig in Erinnerung hatte, lag ein Ausdruck von heiterer Gelassenheit. Ihr Mund war leicht geöffnet. Wenn es überhaupt eine Möglichkeit gab, auf dem knöcheltiefen Sand eine Anmut der Bewegung vorzuführen: Nicole gelang es. Ich weiß nicht, wie es kam, doch bei ihrem Anblick fiel mir das Wort »Schilf« ein, und ich dachte: sie ist gewachsen wie ein Schilfrohr.
Plötzlich ergriff Gerold meinen Arm und sagte: Los, Hannah, jetzt schlage ich die Trommel für dich, komm

schon. Ich widersetzte mich, ich sagte: Mach dich nicht lächerlich; doch er wollte unbedingt seinen Auftritt haben, und er ließ mich einfach stehen und steuerte auf Nicole zu und wählte sie als Partnerin. Nicole war verwirrt, sie zögerte in erkennbarer Verlegenheit; dann aber nickte ihr Lammers auffordernd zu, und sie trat in den Kreis und nahm den Rhythmus auf, den Gerold ihr stümperhaft vorgab. Was sie zum besten gab, riß keinen der Zuschauer hin, es war eine Art lyrischer Meditation, die sie tanzte, versonnen, mitunter sparsam lasziv; was allenfalls beeindruckte, waren ihre langen, von Sonnenöl glänzenden Beine; zu mehr forderte die Trommel sie nicht heraus. Und dann kam der Augenblick, in dem sie und Gerold sich anblickten, ich erkannte die verstohlene Freude in ihren Blicken und war plötzlich sicher, daß wir nicht allein deswegen im »Club Delphin« waren, weil Gerold seinen Assistenten für wissenschaftliche Hilfsdienste belohnen wollte. Die Noten, die sie für ihren Tanz bekamen, waren mäßig, von Höflichkeit oder Mitleid inspiriert. Ich hörte, wie Gerold sich bei Nicole bedankte und sie dabei bei ihrem Vornamen nannte; sie vermied es, ihn anzusprechen.

Gegen meinen Willen lud Gerold die beiden in unseren Bungalow ein, ihnen lag daran, ihre ersten Eindrücke und Erlebnisse auszutauschen – bei norwegischem Linien-Aquavit, den Lammers von seiner Reise nach Thorsbjerg mitgebracht und bis hierher geschleppt hatte. Wie leicht es Gerold fiel, die Regeln des Clubs anzuwenden und seinen Assistenten zu duzen, er sagte so selbstverständlich Ulf zu ihm, als hätte er es seit jeher getan, doch wann immer er den Namen Ulf aussprach, hörte es sich so an, als müsse er aufstoßen. Nach dem zweiten Aquavit riskierte es auch Ulf, Gerold zu duzen, er tat es rasch und zur Seite wegsprechend; zu mir Hannah zu sagen, wagte er offenbar noch nicht. Nicole saß nur da in gewohnter Schweigsamkeit; man konnte annehmen, die vertrauliche Anrede bedeutete ihr nichts oder sie sei dazu nicht fähig. Diesen Eindruck machte sie auch beim gemeinsamen Abendessen im großen Bungalow.

Als wir zu viert den Speiseraum betraten, fühlte ich mich unter Wasser versetzt: ein grünliches, unterseeisches Licht herrschte, dekorative Netze hingen von der Decke herab, in denen Glaskugeln blinkten; getrocknete Seesterne und Muscheln und Langusten waren in das Netzwerk eingeknüpft und schwebten über unseren Köpfen. Emily wies uns unseren Tisch an, auf dem bereits zwei Karaffen Wein standen, außerdem eine Schale mit warmem Weißbrot. Ich kam nicht von einigen sehr jungen Clubmitgliedern los, die zum Abendessen Muschelketten auf nackter Haut trugen, einige hatten sich Möwenfedern ins Haar gesteckt, und ein stupsnasiges Mädchen hatte ein Netzhemd angelegt, in das stilisierte, träg treibende Feuerquallen eingewirkt waren. Der Clubtradition entsprechend wurde Gerold gebeten, sich vorzustellen; schon als er sich erhob, wußte ich, daß ich einen Grund haben würde, zu leiden. In seiner

Rede, die er für launig hielt, spielte er darauf an, daß sein Name Gerold etwa so alt sei wie die Dinge, mit denen er sich beruflich beschäftigte; ursprünglich, meinte er, habe man diese Dinge – hölzerne Stäbchen – zu Weissagung und Zauber gebraucht, wozu man seinen Namen nun freilich nicht verwenden könne. Dennoch, erklärte er, will beides gedeutet werden; Deutung bringt uns auf die Lebensspur. Und da man ihm zulächelte und er einmal am Zuge war, stellte er dann auch gleich uns vor, nannte unsere Vornamen, erwähnte, daß wir mehr oder weniger vom gleichen Metier abhängig seien, und setzte sich unter dürftigem Beifall. Er sah uns nacheinander an. Er wollte wissen, was wir von seiner knappen Rede hielten. Nun, Hannah? Ich sagte: Anscheinend kannst du den Runenforscher nicht verleugnen. Aber, sagte Ulf, das war typisch Gerold. Nicole mußte offensichtlich nachdenken, und nach einer Weile flüsterte sie: Mir hat es gefallen. Sie sprach auf den Tisch hinab, bemüht, Gerolds Blick auszuweichen.
Zum Essen gab es gegrillte Sardinen, danach Perlhuhn mit Gemüse und als Dessert verschiedene Käsesorten. Das Essen und der Wein versöhnten mich notdürftig mit dem Ort, und nachdem mir Gerold einmal zwinkernd zugetrunken hatte, sprach ich Ulf mit seinem Vornamen an. Er schaute mich dankbar an und sagte: Ob du's glaubst oder nicht, Hannah, aber du hast dich bereits in diesen wenigen Stunden erholt. Das stellte auch Emily fest, die sich für kurze Zeit an unseren Tisch setzte; sie stieß mit uns an und lobte Gerold für seine

spontane Bereitschaft, am Rhythmus-Wettbewerb teilzunehmen, und sie lobte auch Nicole für ihre Darbietung. Sie sagte: Wer sich hier ausschließt, ist zu bedauern, der kommt nie auf seine Kosten. Selbstzufrieden bereitete sie uns darauf vor, daß sie sich für die Dunkelheit noch ein besonderes Programm habe einfallen lassen, eine von ihr so genannte Fackel-Polonaise unten am Strand, die bisher nur mit Beifall aufgenommen worden war. Sie lud uns ein, daran teilzunehmen, herzlich, wie sie ausdrücklich betonte. Bevor ich noch auf unsere Müdigkeit hingewiesen hatte, gab Gerold schon zu verstehen, wie sehr er sich auf die Fackel-Polonaise freue. An Nicole gewandt, sagte er: So etwas lassen wir uns doch nicht entgehen, oder? Nicole blickte mich unsicher an und sagte leise: Ist es schlimm, aber ich habe noch nie davon gehört.

Es herrschte eine zaghafte Dunkelheit, als wir uns, nur mit Badezeug bekleidet, unten am Strand einfanden. Die Luft war warm. Die Wellen kippten nicht, leckten nur sanft über den Strand, gerade so, als habe das Meer sich erschöpft. Aggressive Insekten hatten es anscheinend mehr auf mich als auf die anderen abgesehen, und ich war froh – und fühlte mich verschont –, als Emily und Maurice handliche Magnesiumfackeln verteilten.

Chopins Polonaise erklang vom Band, vergnügt formierten wir uns zur Schlange, eine Hand auf dem Rükken des Vordermanns; Emily führte den schwankenden Zug unter sprühendem Licht an. Ein Stück ging es nur den Strand hinab, dann leitete Emily uns ins Wasser,

knöcheltief, schließlich brusttief. Der Widerschein der Fackeln machte, daß wir durch ein einziges Glitzern wogten. Je tiefer wir ins Meer hineingingen, desto schwerer wurde Lammers' Hand auf meiner Schulter. Der Auftrieb nahm uns den sicheren Stand, ließ uns nur tänzeln über Grund; nicht alle konnten das Gleichgewicht halten, sie taumelten, tauchten ein im brusttiefen Wasser, schreckhaft, jauchzend, aber auch dabei bemüht, die Fackel hochzuhalten.
Auch mir ging es so: plötzlich schwebte ich auf und fiel zur Seite und riß die Fackel mit, die zischend im Wasser erlosch, und noch bevor ich Grund fand, fühlte ich, wie zwei Arme mich umklammerten und hochzogen. Lammers umklammerte meine Hüften, offenbar hatte er seine Fackel versenkt, um mich zu retten. Nachdem es ihm gelungen war, mich aufzurichten, hielt er mich immer noch fest, drückte mich an sich und sagte mit einem nicht sonderlich intelligenten Gesichtsausdruck: Entschuldigen Sie, Frau Professor, ich wollte Sie nur retten. Ist schon gut, sagte ich, und ließ ihm meine Fingerspitzen; so führte er mich zum Strand zurück.
Am Strand saß Nicole und hielt sich den Fuß; sie behauptete, auf einen Seeigel getreten zu sein. Neben ihr kniete Gerold, ratlos, ohne zu wissen, welche Art von Erster Hilfe er ihr leisten könnte. Er befühlte ihren Fuß, er starrte ihn an, vielleicht erwog er, die Wunde auszusaugen. Als Nicole den Wunsch äußerte, zu ihrem Bungalow zurückzukehren, bot Gerold sich sogleich an, sie zu stützen, doch sie zögerte, sie blickte auf Lam-

mers, und der reichte ihr die Hand und zog sie hoch. Für uns war diese Fackel-Polonaise zu Ende. Gemeinsam strebten wir unseren Bungalows zu, wir verabschiedeten uns nach deutscher Art mit Handschlag zur Nacht, und diesmal nannten wir alle einander beim Vornamen - nur Nicole brachte es nicht fertig, zu Gerold Gerold zu sagen. Unter der Bogenlampe erkannte ich, daß ein Zug von Bedauern über ihr Gesicht glitt, als sie ihm die Hand gab und lediglich sagte: Eine angenehme Nacht.

Wir lagen bereits in unseren Hängematten – vom Strand her kamen immer noch Rufe, hörten wir Freudenschreie und vorgegebene Hilferufe –, und ich konnte nicht einschlafen, ich mußte an Nicole denken, an ihre unerwartete Erscheinung, ihre plötzliche Schönheit. Ich fragte Gerold: Warst du nicht auch überrascht? Wovon? fragte er brummig. Von Nicole, sagte ich, hast du nicht bemerkt, welchen Eindruck sie gemacht hat, selbst die Mädchen starrten sie ungläubig an; falls Emily auf die Idee käme, hier zu allem Überfluß auch noch einen Schönheitswettbewerb zu veranstalten, würde Nicole bestimmt zur Königin gewählt werden. Gerold schwieg eine Weile, dann sagte er: Mir ist das nicht aufgegangen; sie ist nett, sie macht alles mit, und es scheint ihr Spaß zu machen.

Am nächsten Morgen jedoch – nein, es war schon später Vormittag, als Nicole aus ihrem Bungalow kam – konnte sie sich an den Wettkämpfen, die einige für fröhlich hielten, nicht beteiligen: ihr Fuß schmerzte noch. Sie schaute nur beim Reiterkampf und bei diesem einfallslosen Sackhüpfen in Papiersäcken zu, nicht teilnahmsvoll, sondern mit ihrer eigenen Nachdenklichkeit. Ich konnte nicht erkennen, ob sie sich darüber freute, daß das Mädchen, das Lammers auf seinen Schultern trug, die Rivalinnen von ihren Untermännern stieß oder zerrte; auch als Gerold beim Sackhüpfen stürzte – er war hoffnungslos abgeschlagen, brauchte sich nicht anzustrengen und stürzte dennoch –, verzog sie keine Miene. Nur als Maurice zu ihr trat, sich auf alle viere niederließ und Nicole aufforderte, sich auf seinen Rükken zu setzen, lächelte sie und nahm sein Angebot für einen Augenblick an.

Zum entscheidenden, originären, noch nie ausgeführten Wettkampf rief Emily die Clubmitglieder für den Nachmittag zusammen. Es war allein ihre Idee, der spontane Einfall einer souveränen Animateurin. Zufällig war sie vorbeigekommen, als Gerold dabei war, seine vierkammerige Luftmatratze aufzublasen, sie sah ihm zu, grübelnd, erwägend: schon war ihre professionelle Imagination tätig und erfand zu Kurzweil und Vergnügen einen neuen Wettbewerb. Sieben Mitglieder des Clubs hatten vierkammerige Luftmatratzen mitgebracht. Emily konnte sie rasch davon überzeugen, daß sie in einer noch unbekannten Disziplin starten müßten, in der es galt, alle vier Kammern so schnell wie möglich mit Atemluft zu füllen; als Siegesprämie wurde eine Zweiliter-Champagnerflasche ausgesetzt. Selbstverständlich konnte ich Gerold nicht davon zurückhal-

ten, sich an diesem lächerlichen Blasebalg-Unternehmen zu beteiligen.
Es geschah am Strand. Als erster schleppte Gerold seine rotblaue Luftmatratze an, dann kamen die anderen Teilnehmer, unter ihnen ein zartes Mädchen mit einer so zirpenden Stimme, daß man es für eine menschgewordene Grille halten konnte. Die sogenannten Wettkämpfer gingen auf die Knie, nahmen das Mundstück zwischen die Lippen und starrten auf Emily, die gleichzeitig mit dem Zeichen zum Beginn ihr Bandgerät einschaltete. Zum Bolero von Ravel fing das große Pusten und Blasen an. Es wunderte mich, auf welch unterschiedliche Weise die einzelnen Teilnehmer ihr Gerät aufzublasen suchten; einige, darunter die Grillenstimme, versuchten es mit eiligen, kurzen Stößen; hastig saugten sie die Luft ein und preßten sie unter rhythmischem Schnaufen in die Mundstücke; andere füllten mit mächtigen, langsamen Atemzügen ihre Lungen, schlossen die Augen und gaben das ganze Volumen restlos an die Kammer ab. Backen blähten sich auf, Stirnadern schwollen. Ein Mann ließ sich verleiten, im Rhythmus des Boleros zu blasen, gab es jedoch bald wieder auf. Daß Gerold sich so gut hielt und zugleich mit drei, vier anderen die erste Kammer aufgeblasen hatte, erstaunte mich; bei seiner Schmalbrüstigkeit hätte man eher vermuten können, daß er von Anfang an abfallen müßte. Mit zügigen, gleichmäßigen Pumpbewegungen machte er wett, was ihm an natürlichem Volumen fehlte. Er streifte die Sandalen ab. Sein grünes Polohemd rutschte

aus den Bermuda-Shorts, gab einen Streifen seines blassen Körpers frei. Im Unterschied zu anderen Wettkämpfern hielt er die Augen nicht geschlossen, sondern beobachtete seine Kontrahenten, ruhig und wachsam wie ein Läufer, der, seiner Überlegenheit gewiß, sich nach seinen Rivalen umschaut. Die Zuschauer, die sich freimütig zu ihren Favoriten bekannten, wurden lebhafter, wurden lauter, sie riefen Namen, spornten an, flüsterten den Wettkämpfern belebende Losungen ins Ohr. Einen verwirrenden Eindruck machte Lammers: er kniete nicht, sondern hockte auf dem Sand, und er schien weniger zu blasen als am Mundstück zu nuckeln; dennoch gewann seine gelbblaue Matratze an Prallheit. Er blickte nicht ein einziges Mal auf seine Mitstreiter, er blickte auf die Knie von Nicole, die vor ihm stand. Ein feister Bursche – Goldkette am Hals, Goldkettchen am Handgelenk – gab als erster auf, nach ihm ein Mädchen, das sich mit erhitztem Gesicht aufrichtete, die Augen verdrehte und einen hoch angesetzten Schrei ausstieß, bevor es sich auf den Rücken fallen ließ. Da hatten Gerold und Lammers bereits die zweite Kammer aufgepumpt; je länger sie bliesen, desto stierender wurde ihr Blick, die Atemzüge wurden bei allen kürzer, kraftloser, schon legten sie kurze Pausen ein, in denen sie ihre Lippen beleckten und den Schweiß vom Gesicht wischten. Eine seltsame Reaktion löste der Wettkampf bei einem verbissenen Athleten aus; der sprang plötzlich auf, preßte die Hände an die Ohren und stürzte ins Wasser; wie er später erzählte, konnte er das Gewummer in seinem Kopf nicht mehr ertragen. Für jeden, der ein Auge für Technik und Ausdauer hatte, zeichnete es sich ab, daß der Sieg zwischen Gerold und Lammers ermittelt werden würde; sie nahmen bereits das vierte Mundstück zwischen die Lippen, während die anderen noch die dritte Kammer schwellen ließen.

Ich sah Gerold im Profil, und plötzlich wußte ich, woran er mich erinnerte: es war der Buchstabe M im jüngeren nordischen Runenalphabet – der vertikale Strich, die beiden weggestreckten Arme. Er verschnaufte nur ein paar Sekunden und setzte gleich wieder, heftig nikkend, seine Blasarbeit fort, wobei er einmal besorgt zu Lammers hinüberlinste. Plötzlich fiel er aufs Gesicht. Seine Hand löste sich vom Mundstück. Die Füße scharrten schwach im Sand und lagen dann still. Emily und Maurice waren schon neben ihm und drehten ihn um und beugten sich über sein verzerrtes Gesicht. Auch ich beugte mich über ihn, strich ihm über die Stirn und rief ihn leise an, doch er reagierte nicht. Wir müssen ihn ins Krankenzimmer bringen, entschied Maurice, und mehr für sich sagte er: Hoffentlich ist keine Kopfader geplatzt. Er lief fort, um die Trage zu holen.

Auf einmal war ein Schatten neben mir, ich spürte eine heftige Berührung und wußte, ohne hinzusehen, daß es Nicole war, die sich auf die Knie fallen ließ. Mit einem Schluchzer beugte sie sich tief über Gerold, nahm sein Gesicht in beide Hände und küßte ihn auf Stirn und Wangen, wobei sie, angsterfüllt, einige Worte murmelte, Kummerworte, Beschwörungsworte. Ich verstand die Worte nicht, doch daß sie immer wieder seinen Namen nannte, das hörte ich heraus. Ihre Verzweiflung war aufrichtig, anscheinend wollte oder konnte sie sich nicht von Gerold lösen. Die Zuschauer waren betreten, sie blickten mich an, sie erwarteten etwas von mir, und während ich noch überlegte, was mir zu tun blieb, trat Lammers heran. Bestürzt sah er einen Augenblick auf Gerold hinab, dann hob er Nicole auf, sachte, fürsorglich, legte einen Arm um ihre Hüfte und ließ es zu, daß sie ihren Kopf an seine Schulter lehnte. Als er sie wegführen wollte, zauderte sie zunächst, doch nachdem er ihr etwas zugeflüstert hatte, willigte sie ein und ging wie benommen mit ihm.

Ich ging hinter der Trage, auf der Maurice und ein bärtiges Clubmitglied Gerold ins Krankenzimmer trugen, das, im Verwaltungsbungalow gelegen, anscheinend noch nie benutzt worden war. Sie betteten Gerold auf eine Pritsche. Leise beratschlagten sie, welchen Arzt sie telefonisch herbeirufen sollten – ich hatte den Eindruck, daß sie zu beiden Ärzten, die in Frage kamen, kein sonderliches Vertrauen hatten. Um sich zu versichern und einig zu werden, gingen sie ins Büro und ließen Gerold und mich allein. Gerold atmete regelmäßig; ich legte ihm eine Hand auf die Stirn und massierte leicht seine Schläfen, so, wie ich es manchmal getan hatte, wenn er von seinen Nordlandreisen erschöpft und mit Kopfschmerzen heimgekehrt war. Und nach einer Weile bewegte er mümmelnd die Lippen und sagte mit geschlossenen Augen: Danke, Hannah, es geht schon wieder, es wird wohl ein Schwächeanfall gewesen sein. Ich gab die Nachricht gleich an Maurice und seinen Helfer weiter, und als ich ins Krankenzimmer zurückkam, saß Gerold bereits auf der Pritsche. Ich überredete ihn dazu, sich wieder auszustrecken, und blieb bei ihm sitzen und half ihm später, ein Erfrischungsgetränk zu sich zu nehmen. Zu reden hielten wir beide nicht für nötig, zumindest so lange nicht, wie wir allein in dem Krankenzimmer waren. Als Maurice und ich ihn zu unserem Bungalow führten, zitterte er noch ein wenig, doch er erwiderte bereits mit lascher Hand die Grüße zweier Kontrahenten, die er beim Aufblas-Wettbewerb weit hinter sich gelassen hatte. Vor dem Bungalow, den Lammers und Nicole bezogen hatten, blieb er stehen; er lächelte bekümmert, und er schien nicht überrascht, als Maurice ihm mitteilte, daß die Freunde, wie er sagte, abgereist seien; ein Taxi habe sie abgeholt. Gut, gut, sagte Gerold nur, gut, gut, und dann wandte er sich an mich und murmelte: Er hat kein gutes Spiel gespielt, Hannah, ich werde mich von meinem Assistenten trennen.

Vor unserem Bungalow lag die rotblaue Luftmatratze, die irgend jemand hierhergeschleppt hatte; drei Kammern waren vollends, die vierte nur zur Hälfte aufgeblasen. In der Stille der Siesta, als fast alle Clubmitglieder in ihren Hängematten ruhten, setzte ich mich in den Sand, zog die Matratze heran und stach das Messer in den seitlichen Wulst und wunderte mich, wie leicht und entschieden die Klinge hineinfuhr. Ich zog die Klinge wieder heraus und lauschte auf das gleichbleibende, dann immer schwächer werdende Zischgeräusch, mit dem Gerolds in den Kammern gefangener Atem entwich. Zuletzt, als alle Luft raus war, als die Haut der Matratze nur flach und schrumpelig vor mir lag, vergrub ich das Messer tief im Sand.

Ein geretteter Abend

Für Marcel Reich-Ranicki

Reichhaltiger kann das Angebot einer Volkshochschule nicht sein: ob Porzellanmalerei oder Anfangsgründe der tamilischen Sprache, ob Webtechnik oder polynesische Musikinstrumente – in unseren zahlreichen Kursen kann sich der Besucher, übrigens zu durchaus erschwinglichem Preis, vertraut machen mit dem Wissen der Welt, mit den Fertigkeiten und dem Ausdrucksverlangen des Menschen. Jeder bei uns weiß, daß dieses variationsreiche Angebot allein Alexander Blunsch-Hochfels zu verdanken ist, unserem Direktor, der immer wieder Lücken im Programm aufspürt und es sich nicht nehmen läßt, bei der Auswahl der Referenten ein Wörtchen mitzureden. Seine Gelassenheit, sein meditatives Wesen und nicht zuletzt seine gelegentliche Verklärtheit lassen mich bei jeder Begegnung daran denken, daß er sechs Jahre als Mönch gelebt hat.
Immer hätte ich ihn so in Erinnerung behalten, wenn ihm nicht jene Mittwochsveranstaltung eingefallen wäre, bei der vor zahlreichem Publikum von ihm sogenannte »Heilsame Ärgernisse« verhandelt werden sollten. Die erste Veranstaltung trug den Titel »Scharf-

richter oder Geburtshelfer? Über das Wesen literarischer Kritik«. Zehn vor acht ließ er mich durch den Hausmeister zu sich rufen, vergaß, mir einen Platz anzubieten, musterte mich mit seltsam unterlaufendem Blick, wobei er, heftig nach Atem ringend, eine Hand beschwichtigend auf seine Herzgegend legte. Schließlich wollte er mit belegter Stimme wissen, ob ich bereits einen Blick in den großen Vortragssaal riskiert hätte, der laufe über, da werde gleich das Chaos ausbrechen, vermutlich habe man schon einige Besucher totgetrampelt. Gerade wollte ich ihm zu dem unerwarteten Interesse beglückwünschen, als er stöhnend feststellte: Wir haben keinen Referenten, Klausnitzer! Wir haben zur Eröffnungsveranstaltung keinen Referenten! Aber Schniedewind, sagte ich, er ist doch unter Vertrag. Schniedewind, sagte er erbittert und richtete seine Augen zur Decke, Schniedewind hat viertel vor acht eine Nierenkolik bekommen; seine Frau hat das gerade bestellt. Mit einem verstümmelten Fluch sank er in seinen Armstuhl – ihm, der noch nie einen Fluch gebraucht hatte, fiel in besorgniserregender Verzweiflung tatsächlich das Wort Stinktier ein; und als ich die Unvorsichtigkeit beging, ihn zu fragen, was wir denn nun tun sollten, seufzte er: Einen Referenten, Klausnitzer, schaffen Sie einen Referenten her, beweisen Sie, daß Sie ein geborener Volkshochschulmann sind.
Ich stürmte in mein Zimmer, rief bei Häfele an – der redete gerade in Itzehoe; rief Klimke an – der erwartete den Kulturdezernenten; schließlich faßte ich mir ein

Herz und fragte bei Seegatz an, der nichts anderes zu tun hatte, als mich höhnisch auf seinen letzten Artikel hinzuweisen, in dem er mit unserem Programm unbarmherzig ins Gericht gegangen war.
Punkt acht trat ich auf den Korridor, ein unheilvolles Brausen drang zu mir herauf, ein Scharren und Poltern und dunkles Wehen, mit dem sich im allgemeinen klassische Sturmfluten ankündigen. Wieviel mühsam gebändigte Erwartung, wieviel Gereiztheit und thematische Hitze fanden da zusammen! An der Tür meines Direktors zu lauschen bekam ich nicht fertig: zu sehr fürchtete ich mich vor seinem Stöhnen.
Gerade hatte ich beschlossen, in den großen Vortragssaal hinabzugehen und das Auditorium mit unserer exemplarischen Verlegenheit bekanntzumachen, als ein zartes, eisengraues Männchen auf mich zutrat und bescheiden fragte, wo der Vortragsraum B 6 zu finden sei. Ich sah ihn mir an: sein selbstgenügsames Lächeln, sein feines Lippenspiel, das Vergebungsworte zu produzieren schien, das kleine Leuchten in seinen Augen, das eine eigene Leidenschaft bezeugte, und plötzlich erfaßte mich ein waghalsiges Zutrauen. Sind Sie Referent? fragte ich. Meereskundler, sagte er mit leichter Verbeugung und fügte noch etwas hinzu, das ich allerdings nicht mitbekam; denn schon hatte ich ihn eingehakt, schon führte ich ihn die Treppe hinab – mit dem Mut, den man nur einmal geschenkt bekommt.
Da sich in unserem Haus die Referenten selbst vorstellen, bugsierte ich das Männchen zum Pult und überließ

es sich selbst. Ein kurzes, freudiges Erschrecken zeigte sich auf seinem Gesicht – vermutlich war er andere Zuhörerzahlen gewöhnt –, dann wartete er geduldig, bis es ganz still geworden war, nannte seinen Namen – Elmar Schnoof – und gab das Thema an: »Über Aquariums-Kultur – Ein Streifzug durch ein Seeaquarium«.
Mir stockte der Atem, um es mal so zu sagen, das Auditorium lauschte verblüfft, hier und da meldete sich Ratlosigkeit, aber unüberhörbar waren auch einige Laute glucksender Belustigung und heiterer Zustimmung – anscheinend witterten einige Zuhörer ein parabelhaftes Versteckspiel. Elmar Schnoof breitete die Arme zu segnender Geste aus, und mit einem rhetorischen Feuer, das mich erstaunte, ließ er sich mit allgemeinen Bestimmungen über das Seeaquarium aus. Ein Schöpfungsspiegel sei es, ein mit Hilfe von Erkundung und Erkenntnis komponiertes – er sagte tatsächlich: komponiertes – Kunstwerk, in dem das Geheimnis der Tiefe ans Licht gebracht, anschaulich und erlebbar wird. Was dem Leben in Zeit und Verborgenheit je einfiel: der unglaubliche Formenreichtum, die mit Zweckmäßigkeit gepaarte Schönheit und nicht zuletzt das waltende Gesetz, unter dem unser Dasein steht: im Seeaquarium biete es sich uns dar, in dieser geglückten, ja gedichteten Nachahmung, die die Forderung nach Wissen und nach Unterhaltung gleichermaßen erfüllt.
Mein Nebenmann, redlich befremdet, stieß mich an und fragte flüsternd, ob er sich hier im großen Vortragssaal befinde, und als ich es ihm nickend bestätigte, warf

er sich kopfschüttelnd zurück. Ein bärtiger Kerl, der sich auf der Fensterbank lümmelte und der mir schon mehrmals als Zwischenrufer unangenehm aufgefallen war, ermahnte den Referenten: Zur Sache, worauf der, mit entwaffnender Unbeirrbarkeit, fortfuhr: Also ist das Seeaquarium ein Anlaß zu gelenktem Entdecken – es ist, ähnlich wie die Literatur, eine Wieder-Erfindung der Welt.
Dankbar für den Vergleich, zu dem er gefunden hatte, entspannte ich mich ein wenig, konnte jedoch nicht verhindern, daß meine Gesichtsnerven zuckten, daß mein linkes Bein ausschlug wie unter elektrischen Schlägen. Ein leichtes Herzrasen aber setzte ein, als das Männchen, selig abschweifend, die niederen Organisationsformen aufzählte und lobte: er erwähnte die Schwämme, pries die Cölenteraten, von denen er die gelbe Koralle und die Seeanemone besonders hervorhob; dann befaßte er sich mit Krebstieren, Stachelhäutern und Würmern, wobei er den Röhrenwurm eigens herausstrich; und schließlich äußerte er sich geradezu schwärmerisch über einige Weichtiere, vor allem Pilgermuschel und Kielschnecke. Mein Nebenmann stieß mich abermals an, und nicht mehr flüsternd, sondern halblaut fragte er: Spinnt der, oder will er uns verarschen? Ich brauchte ihm nicht zu antworten, denn in diesem Augenblick rechtfertigte der Referent seine Aufzählung: Alles, so bilanzierte er, hat seine Niederung, den blühenden, den nährenden Lebensstoff, das im Schweigen Ruhende; ohne einen Begriff von sich

selbst zu haben, liefert es uns dennoch einen Begriff von der Welt.
Während das Männchen sich einen Schluck Wasser genehmigte, verließen zwei Zuhörer den Saal – anscheinend jedoch nicht, weil sie enttäuscht waren, sondern weil sie ihren Hustenreiz nicht loswerden konnten. Das große Auditorium schwankte zwischen Unverständnis und amüsierter Neugier; man hob die Augenbrauen, man grinste, man schüttelte den Kopf und tuschelte angeregt, viele wie angeleimt von Erwartung.
Nun aber zu ihnen, rief das Männchen, zu den formenreichen Wesen, die uns entzücken und erschrecken, die uns die Schönheit vor Augen führen und die Unerbittlichkeit des Daseins, zu ihnen, die den Sinn für Mythos und Symbol wach erhalten: zu den Fischen. Er erinnerte daran, daß Assyrer und Ägypter den Fisch als göttlich verehrten und daß die Priester in Lykien aus dem Erscheinen gewisser Fische weissagten. Er erwähnte auch, daß der große Aristoteles sich in einer Klassifikation versuchte, und danach begann er endlich, sein Seeaquarium zu besetzen. Respektvoll gab er Lurchfisch und Quastenflosser, die den Beweis unseres Herkommens lieferten, den Vorzug, ließ Schmelzschupper auftreten, frühe Knorpel- und Knochenfische, die die Tiefe der Zeit bezeugten. Und schmunzelnd ließ er dann alles durcheinanderschwärmen, was sich einen Namen verdient hatte: den Knurrhahn, den Meeraal und das Petermännchen, den Zitterrochen und sogar den Schleierschwanz. Nicht annäherungsweise läßt sich das

farben- und formenreiche Inventar schildern, das er seinem Seeaquarium zudachte.
Sie haben den Hammerhai vergessen, rief plötzlich der ewige Zwischenrufer, worauf der Referent bescheiden sagte: Sie können sich ihn gern hinzudenken, Ihren Hammerhai, der es freilich an Selbstbewußtsein, an Entschiedenheit, an Wachsamkeit und Schwimmkunst bei weitem nicht mit einer Art aufnehmen kann, die das mannigfache Leben im Seeaquarium nicht nur kontrolliert, sondern auch reguliert: ich meine den Großen Zackenbarsch (Serranus gigas), den schon die phönizischen Fischer für bemerkenswert hielten.
Jetzt hielt es meinen Nebenmann nicht mehr, er sprang auf, er wollte tatsächlich wissen, was denn das Bemerkenswerte am Großen Zackenbarsch sei, und das Männchen antwortete bereitwillig; stellte also fest, daß der Große Zackenbarsch sich durch keinen Köder verführen lasse, mithin unbestechlich sei. Obwohl er einen nennenswerten Appetit habe, fuhr er fort, verschlinge er die Beute nicht wahllos, sondern, wie schon die Phönizier beobachtet haben, nach aufschlußreichem Prinzip: als Gegner modischer Extravaganz schnappe er sich vorzugsweise, was blendet, was verschleiert, was garniert und dekoriert und sich arg verstellt, zum Beispiel Papagei- und Trompetenfisch, Schleierschwanz und Kofferfisch. Sein Wirken, sagte der Referent, habe durchaus etwas Richterliches; oder genauer: etwas Anklägerisches. Indem der Große Zackenbarsch nun aber auf seine eigene Art eine Auswahl treffe, begünstige, ja

rechtfertige er andere Erscheinungen des Schöpfungstextes, so zum Beispiel den redlichen Kabeljau, den Laternenfisch und das humorvolle Seepferdchen. Anklage und Verteidigung, so bilanzierte der Referent, sie gehören immer zusammen.

Zugegeben: im ersten Augenblick glaubte ich mich wirklich verhört zu haben, doch was aus einer Ecke zu mir drang, war tatsächlich Beifall; und als das Männchen bemerkte, daß der Große Zackenbarsch gewissermaßen das juristische Prinzip im Seeaquarium darstelle, erntete er zustimmendes Schmunzeln. Die Aufmerksamkeit steigerte sich, als der ewige Zwischenrufer fragte, ob dieser bemerkenswerte Zackenbarsch sich nicht auch mal irren könnte, verhängnisvoll irren könnte. Das ist wahr, sagte der Referent; trotz aller Erfahrung, trotz enormen Unterscheidungsvermögens irre er sich mitunter, aber noch sein Irrtum – so krähte er – ist insofern bedeutsam, als er auf die exemplarische Funktion einer Erscheinung verweist, die in sich Ankläger und Verteidiger vereinigt. Ja oder nein: wer den Mut zu letzter Klarheit aufbringt, ist irrtumsfähig; nur ein taktisches Sowohl-als-auch schützt vor Irrtümern.

Für immer rätselhaft wird mir das Verhalten des Auditoriums bleiben: je länger der Referent sprach, desto spürbarer ließen Unduldsamkeit und Gereiztheit nach, ein maulender Zuhörer, dem das Thema verfehlt schien, wurde ausgezischt, und nachdem er und drei, vier weitere Unzufriedene den Saal verlassen hatten, lud das Männchen zu einer Diskussion ein, wie sie erschöp-

fender und beziehungsreicher nicht gedacht werden kann. Entspannt lauschte ich dem Frage- und Antwortspiel. Da wurde heiter gefragt, ob man dem Zackenbarsch Maßstäbe zugute halten könne, und der Referent sagte: Wohl nur seine eigenen. Ob dieser Richter im Seeaquarium sich auf irgendeinen Auftrag berufen könne, wurde gefragt. Der Referent schüttelte den Kopf. Offenbar waltet er seines Amtes, sagte er, weil er Meinungen hat, weil er also – zum Beispiel – Anspruch und Vermögen des Papageienfisches beurteilen kann. Und weiter ging es in sonderbarem Einverständnis; keine Frage brachte den Referenten in Verlegenheit, selbst als einer wissen wollte, ob der Große Zackenbarsch auch eine gesellschaftliche Funktion erfülle, gab er bereitwillig, wenn auch etwas gequält, Antwort.
Plötzlich erschrak ich. Als ich einmal zufällig zur offenen Tür blickte, erkannte ich zwei Sanitäter, die die Treppe hinaufstürmten. Ich wußte sofort, wohin sie wollten. Von Sorge bestimmt, verließ ich den Vortragssaal, angegiftet und von ungnädigen Blicken begeisterter Zuhörer begleitet.
Blunsch-Hochfels, mein Direktor, lag ächzend in seinem Sessel und überließ gerade eine schlappe Hand einem der Sanitäter. Der Hausmeister, der die Sanitäter gerufen hatte, machte mir überflüssigerweise ein Zeichen, leise aufzutreten. Ich übersah sein Zeichen. Ich trat in den Gesichtskreis des Zusammengebrochenen und fragte, was geschehen sei. Mühevoll, wie es seiner Lage entsprach, öffnete mein Direktor die Augen und

sagte: Botho von Sippel ... abgesagt ... seine Schwester hat eben angerufen. Der banalste Grund: Autounfall. Aber er ist doch erst morgen dran, sagte ich. Niemand kann Botho von Sippel ersetzen, sagte mein Direktor, niemand ist so geeignet, über »Geist und Macht« zu sprechen, wie er. Über »Geist und Macht«? fragte ich und gab schon einem Einfall nach. Über »Geist und Macht«, bestätigte mein Direktor. In diesem Augenblick drang aus dem großen Vortragssaal ein Beifall zu uns herauf, wie wir ihn nur sehr selten gehört hatten, frenetisch zunächst und dann rhythmisch. Wem gilt das? fragte Blunsch-Hochfels matt und verwirrt, und ich darauf, spontan: Wem? Dem Großen Zackenbarsch.

Panik

In drei Phasen, sagte der Feldwebel, müssen Sie die Bretterwand überwinden: anspringen, hinaufklimmen, abrollen; und nach dieser theoretischen Anweisung bat er um Aufmerksamkeit, lief selbst an, schnellte an dem Hindernis empor, ließ sich mühelos abrollen und kam lächelnd hinter der Bretterwand hervor. Soldat Berger hatte verstanden, worauf es ankam; er wußte von Anfang an, daß er den Stemmschritt in Schwung verwandeln mußte, seine Kameraden, die ausnahmslos hinübergekommen waren, hatten es ihm vorgemacht, einige sogar lässig und gutgelaunt. Also, Berger, sagte der Feldwebel, versuchen wir's noch mal, und in versöhnlicher Tonart fügte er hinzu: Nicht mir sollen Sie etwas beweisen, sondern sich selbst.
Berger blickte über das vernarbte Übungsgelände, das jetzt, nach Dienstschluß, verlassen dalag, eine sandige, kümmerlich bewachsene Ebene; dann faßte er die Bretterwand ins Auge, konzentrierte sich auf das schmutzige Oval, das hundert auftreffende Stiefel hinterlassen hatten, und lief zum dritten Mal auf das Hindernis zu. Der Kolben des Schnellfeuergewehrs schlug gegen seinen

Rücken. Der Stahlhelm verrutschte, so daß er die Oberkante der Bretterwand nicht mehr sehen konnte. Schwer mahlten die Stiefel im lockeren Sand. Er keuchte, er hörte nicht die knappen, ermunternden Kommandos des Feldwebels, der hier mit ihm allein exerzierte, offenbar nur darauf aus, auch ihn, auch den Soldaten Berger, über das Hindernis triumphieren zu lassen. Das schmutzige Oval, der Punkt, den er anspringen mußte, kreiste oder schien doch zu kreisen, Schweiß biß in die Augen, und unmittelbar neben der Bretterwand wuchs der Körper des Feldwebels auf. Soldat Berger sprang die Wand an, riß die Arme hoch und packte nicht nur die Kante des Hindernisses, sondern nutzte auch den Schwung so glücklich aus, daß er fast mit dem Oberkörper auf der Kante der Wand lag. Geschafft, dachte er, jetzt hab ich's geschafft, und heftig atmend sammelte er Kraft für die letzte Anstrengung und war immer noch überzeugt, über das Hindernis zu kommen, als er langsam zurücksackte. Verbissen hielt er sich fest, er zerrte, er zog, krachend schlugen seine Stiefel gegen das Holz, und dann glaubte er das Lob des Feldwebels zu hören und klomm höher und höher; mit einer Schleuderbewegung wollte er sich endgültig hinaufbringen. In der Streckung hängend, setzte er zur Schleuderbewegung an, heftig, mit erbitterter Entschlossenheit, seine Beine schlugen zur Seite aus, und obwohl ihn nur noch das Verlangen beherrschte, das Hindernis zu überwinden, nahm er wahr, daß es plötzlich krachte, daß sein Stiefel mit voller Wucht auf irgendetwas auftraf. Er hatte nicht bemerkt, daß sich der Feldwebel in der Absicht, ihm zu helfen, unter ihn gestellt hatte, und er bekam auch nicht mit, daß sein ausschlagender Stiefel das Kinn des Feldwebels traf, mit solcher Gewalt, daß sein Vorgesetzter wie gefällt stürzte, sich im Sturz drehte und mit dem Hinterkopf auf die Verankerung der Bretterwand schlug.

Soldat Berger, erschöpft, schnell atmend, lag mit dem Oberkörper auf dem Hindernis, jetzt brauchte er sich nur noch abrollen oder fallen zu lassen, auf den schmalen Sandstreifen, hinter dem das flach gespannte Stacheldrahthindernis begann. Er berechnete flüchtig seinen Fall und löste seinen Griff, und obwohl er sicher war, unmittelbar neben der Bretterwand zu landen, fand er keinen Stand und kippte gegen das Stacheldrahthindernis. Ein jäher Schmerz ließ ihn innehalten. Seine Hand blutete. Einen Augenblick betrachtete er das gleichmäßig hervorsickernde Blut, dann zog er sein Taschentuch heraus und schlang es fest um die Hand.

Der Feldwebel lag neben der Verankerung der Bretterwand, straffen Drahtseilen, die an eisernen Pflöcken angeschäkelt waren. Er lag gekrümmt da, mit dem Gesicht zur Erde, eine Hand zur Faust geschlossen. Berger starrte ihn erschrocken an, er wartete, er war gewiß, daß der Feldwebel von allein hochkommen würde, doch nach einer Weile mußte er sich eingestehen, daß er sich geirrt hatte. Hastig kniete er sich hin und rief den Feldwebel leise an und berührte ihn an der Schulter; da der Körper sich auch jetzt nicht regte, drehte er ihn behut-

sam auf den Rücken und blickte in ein Gesicht, auf dem ein Ausdruck von erstarrter Qual lag. Unwillkürlich streckte Berger eine Hand aus und strich leicht über die Stirn des Feldwebels, und er sah, daß seine Hand zitterte und eine schwache Blutspur auf der Stirn hinterließ. Ein schnürendes Gefühl zwang ihn, aufzustehen, und während er auf den reglosen Mann hinabblickte, überfiel ihn aufsteigende Angst, und als müßte er der Angst antworten, dachte er: Es geschah nicht mit Absicht, ich hab's nicht gewollt, es ist nicht meine Schuld. Wieder kniete er sich hin, beugte sich über das Gesicht des Feldwebels und rief ihn an, nun in der Hoffnung, der Verletzte werde zu sich kommen und ihm bestätigen, daß er, Berger, nicht vorsätzlich gehandelt habe. Er wartete vergeblich. Von Atemnot gepeinigt, konnte er nur einen Gedanken denken: Es ist aus, es ist aus.
Soldat Berger legte sein Schnellfeuergewehr ab, dann den Stahlhelm und richtete sich an der Bretterwand auf. Dämmerung fiel über das Übungsgelände; so weit er sehen konnte, zeigte sich keine Gestalt. In der fernen Kaserne brannten bereits die Lichter, die zu einem Band ineinanderflossen, und über der Stadt lag eine rötliche Glocke, schwebend, doch beständig wie der Widerschein eines stetig glimmenden Feuers.
Zuerst hastete er über den erlaufenen sandigen Pfad, der an Gebüsch und aufgeworfenen Erdwällen vorbeiführte, er passierte die Haus-Attrappe und den eingegrabenen Panzer, und danach verließ er den Pfad, zwängte sich durch eine magere Schonung von Krüp-

pelkiefern und hielt auf den Drahtzaun zu, der das Übungsgelände umschloß. Dort lag die Gartenkolonie. Bevor er den Zaun erreichte und ihn überkletterte, ließ er sich in ein Schützenloch fallen und kauerte sich zusammen, schmiegte sich so fest an die Erde, daß er das Pochen seines Herzens zu hören glaubte. Nein, nein, ich hab es nicht mit Absicht getan, es war ein Unglück, er hat nicht achtgegeben, hat nicht mit meinem Tritt gerechnet, der ihn im Gesicht traf, das wird er aussagen, bestätigen, zu Protokoll geben, er muß es, muß es, wenn er...

Soldat Berger hob den Kopf und lauschte, kroch dann aus dem Loch und bewegte sich auf den Drahtzaun zu. Seine Hand schmerzte nicht, nur als er fest in die Maschen griff, verspürte er einen Stich und ein leichtes Brennen. Schon beim ersten Versuch erklomm er das Hindernis, ließ sich abkippen und lief geduckt auf die Gartenkolonie zu. Die kleinen, hölzernen Häuser lagen fast ausnahmslos im Dunkeln, er streifte an ihnen vorbei und erwog bereits, in eines der Häuser einzudringen, als er plötzlich angerufen wurde; eine freundliche Stimme lud ihn ein, näherzukommen, sich auf die Bank zu setzen – anscheinend wurde er für einen Nachbarn gehalten. Zögernd öffnete er ein nur kniehohes Pförtchen, da saß ein Mann auf einer Bank, ein alter Mann, wie er in dem armen Lichtschein erkannte, der aus einem lukenartigen Fenster herausfiel. Berger trat auf den Mann zu, der ihn nur kurz musterte und dann, ohne seine Pfeife aus dem Mund zu nehmen, sagte: Na, Soldat, hast dich verirrt? Suchst du wen? Ich hab mich verletzt, sagte Berger, an der Hand, und um das Gesagte zu beweisen, hielt er die mit dem Taschentuch umwickelte Hand in den Lichtschein. Bei euch passiert immer was, sagte der alte Mann, auch wenn es nicht ernst ist, passiert was. Berger wurde bewußt, daß er jetzt nicht einfach fortgehen konnte, er mußte sein Erscheinen begründen, er fragte: Haben Sie vielleicht einen Notverband oder ein Stück Pflaster? Der Mann überlegte, dann sagte er: So was müßt ihr doch immer bei euch haben, oder? Ein Verbandspäckchen, meine ich. Wir mußten das damals bei uns tragen, in der linken oberen Tasche. Schade, sagte Berger und wollte sich schon abwenden, als der alte Mann aufstand und ihn aufforderte, ins Haus zu kommen.

Sie betraten einen notdürftig möblierten Raum, nur zwei Betten, zwei Stühle, ein roher Holztisch, auf dem eine blaue Kaffeekanne als Vase für einen Strauß aus wilden Gräsern diente. Vor einem Elektrokocher stand eine gedrungene Frau, die den Inhalt einer Konservendose in einen Topf plumpsen ließ. Karin, sagte der alte Mann, hier ist ein armer Soldat von nebenan, hat sich 'ne Wunde beigebracht, du hast doch wohl ein Stück Verband. Die Frau wandte sich um, hatte als Gruß lediglich ein Nicken übrig und winkte Berger, sich auf einen der Stühle zu setzen. Aus einer Blechschachtel, die sie von einem Bord herunterangelte, holte sie eine Verbandsrolle und eine Schere hervor und nahm schweigend die verletzte Hand und entfernte das Ta-

schentuch. Glas? fragte sie. Stacheldraht, sagte Berger und fügte hinzu: Auf dem Übungsgelände, der Stacheldrahtverhau. Er hatte das Gefühl, daß sie ihn argwöhnisch musterte, und einmal war es ihm, als verständigte sie sich blickweise mit ihrem Mann. Während sie ihm den Verband anlegte – wortlos, eilig und geschickt –, wich sie, wie er glaubte, konsequent seinem Blick aus und wollte sich auch danach nicht lange danken lassen, sondern kehrte, Dringlichkeit vorschützend, zu ihrem Elektrokocher zurück. Der alte Mann begutachtete die verbundene Hand, er schien zufrieden, gutgelaunt fragte er die Frau: Was meinst du, Karin, langt das Essen für drei? Sie antwortete nicht, und Berger glaubte in ihrem Schweigen nichts als Zurückweisung zu erkennen. Er dankte dem Mann und ging hinaus, überzeugt davon, daß die Frau sich sogleich auf den Alten stürzte, ihm Vorwürfe machte und ihm vielleicht auch schon die Gründe ihres Mißtrauens aufzählte.
Soldat Berger durchwanderte die Gartenkolonie, mitunter wurde er von Vorübergehenden gegrüßt und grüßte leise zurück, einmal verbellte ihn ein Hund, der erst still wurde, nachdem ein Kind ihn gerufen hatte. Sein Weg führte auf einen asphaltierten Platz, an dem die Endhaltestelle einer Buslinie lag. Unter dem Tarnanzug klebte sein Hemd an der Haut; obwohl es ein warmer Abend war und ein sanfter, warmer Wind ging, fröstelte Berger. Nachdem er sich versichert hatte, daß das Wartehäuschen leer war, ging er über den Platz und setzte sich auf die verkerbte Bank. Nicht verlassen, ich

hätte ihn nicht verlassen dürfen; warten oder wegbringen oder Hilfe holen: warum hast du das nicht getan, werden sie fragen, werden alle fragen, und weil ich unterlassen habe, was sie für selbstverständlich halten, werden sie mir ihren Verdacht entgegenhalten, auch Viktor wird mich verdächtigen, vorsätzlich gehandelt zu haben, aus Rache oder Haß, Viktor, der mir noch im Korridor zuflüsterte: Zeig's mal der Mehltüte, laß dich nicht unterkriegen und zeig's ihr mal – aber jetzt ist es wohl zu spät, jetzt werden sie wohl festgestellt haben, daß wir fehlen, und eine Suchaktion eingeleitet haben, wenn er nicht zu sich gekommen ist…

Der Soldat sprang auf, zog sein Portemonnaie aus der Gesäßtasche und zählte sein Geld, das heißt: er wußte, daß er noch zwei Zehner hatte, und wollte nur sicher gehen, daß er sie immer noch besaß, zwei Zehnerscheine und ein paar Markstücke. Jetzt wünschte er, daß er den Fünfziger nicht Viktor gegeben hätte, Viktor, der über ihm im Bett schlief und der sein bester Kamerad war. Er versuchte sich vorzustellen, wie Viktor, der immer für Heiterkeit in ihrer Stube sorgte, und dessen Leistungen als vorbildlich galten, den Unfall auslegen und kommentieren würde – nicht zuletzt, weil der Feldwebel ihn offen bevorzugte. Würde Viktor ihm eine Absicht unterstellen, ihn verurteilen? Er mußte daran denken, daß es aber auch Viktor war, der dem Feldwebel den Spitznamen Mehltüte gegeben hatte, als sie erfuhren, daß ihr Vorgesetzter gelernter Bäcker war. Auch wenn Viktor und einige andere ihn verdächtigen sollten, daß er absichtlich und aus Haß gehandelt hatte – er selbst glaubte in diesem Augenblick sicher zu sein, daß er den Feldwebel nie gehaßt hatte, verwünscht vielleicht, doch nie gehaßt. Dies würde er nach bestem Gewissen behaupten und unbeirrt zu Protokoll geben, falls sie ihn eines Tages anklagen sollten.

Als er im Bus saß – er war der einzige Fahrgast, der an der Endhaltestelle eingestiegen war –, entschloß er sich endgültig, Viktors Schwester aufzusuchen, Anja; sie und ihre Eltern waren die einzigen Menschen, die er in der Stadt kannte. Viktor hatte ihn oft an dienstfreien Wochenenden zu sich eingeladen, und manchmal waren sie zu dritt an die Küste gefahren oder in die Heide, Anja war bei jeder Fahrt dabei. Noch wußte er nicht, worum er sie bitten sollte; er beschloß lediglich, ihr zu erzählen, was ihm zugestoßen war – allein davon versprach er sich Erleichterung.

Je mehr sie sich der Innenstadt näherten, desto voller wurde der Bus; Berger blieb auf seinem Rücksitz hokken, für den er sich gleich entschieden hatte, legte die Stirn an die Scheibe und starrte hinaus. Er tat es so angestrengt, so dauerhaft, als wollte er zu verstehen geben, daß er nicht wünschte, angesprochen zu werden. Aus den Augenwinkeln nahm er wahr, daß plötzlich zwei Frauen vor ihm standen; statt einer von ihnen seinen Platz anzubieten, duckte er sich noch tiefer und hob seine verbundene Hand ans Gesicht. Aufmerksam zählte er die Namen der Haltestellen mit, die der Busfahrer über sein Mikrofon bekanntgab, und obwohl er wußte, wo er aussteigen mußte, stieg er zu früh aus, sprang so hastig ab, daß er fast gestürzt wäre. Aufblickend starrte er in ein Gesicht, das ihn erschrecken ließ; der Mann, der schon einen Arm ausgestreckt hatte, um ihn abzufangen, glich mit seinen ruhigen, abfragenden Augen seinem Feldwebel.

Soldat Berger blieb nicht wie einige andere auf der Brücke stehen, um auf das durchziehende, mit Lampions geschmückte Motorboot hinabzublicken; er beeilte sich, aus dem Lichtschein der hohen Peitschenlampen zu kommen, und verlangsamte seinen Schritt erst auf der stillen Straße, die neben dem Kanal hinführte. Die Häuser hier, großräumig, Hintergärten, lagen in absichtsvoller Zurückgezogenheit, auch das Haus, in das Viktor ihn eingeladen hatte. Er fand es ohne Mühe wieder, betrat den Vorgarten und zwängte sich in die übermannshohen Rhododendren; wenn er das Geäst nur ein wenig auseinanderbog, konnte er in das hell erleuchtete Wohnzimmer sehen. Anja war nicht da, sie schien auch nicht in ihrem Zimmer zu sein, denn das Fenster war dunkel. Ein schwarzgekleideter, hochgewachsener Mann, ein Glas in der Hand, ging im Wohnzimmer auf und ab und sprach pausenreich auf eine Frau ein, die in einem Lehnsessel saß und offenbar gelassen zuhörte. Anjas Eltern. Unwillkürlich erinnerte Berger sich an die erste Begegnung, es gab Käsefondue zum Abendbrot, und während sie um den Tisch herumsaßen, erkundigte sich Anjas Vater mit freimütiger Wißbegier nach seinem Leben, fragte nach Herkunft, Schule, nach

Plänen für die Zukunft; er tat es so ungeniert und mechanisch, bis Viktor spöttisch bemerkte: Du hast die Krankheiten vergessen, Vater. Da mußte Viktors Vater lächeln und trank Berger zu, wollte später aber doch erklärt haben, was ein junger Mensch sich heute vom Studium der Vogelkunde verspricht. Wie ungläubig er guckte, als Berger bekannte, was er sich vom Studium der Ornithologie erhoffte! In einige Geheimnisse der Welt eingeweiht zu werden und ihre verborgenen Schönheiten aufzudecken; das, meinte Viktors Vater, ließe sich ertragreicher wohl auf anderen Feldern erzielen. Anja widersprach ihm, sie nahm Bergers Partei, sie sagte: Die kostbarsten Geheimnisse lassen sich nicht verwerten.

Der Erschöpfung nachgebend, ließ Berger sich zwischen den Rhododendren auf die Erde nieder. Er zog die Beine an, legte den Kopf auf die Knie. Vom Kanal her, von einem vorbeiziehenden Motorboot, drang klassischer Jazz herüber. Zum ersten Mal seit seiner Flucht hatte er Hunger, und er nahm sich vor, später zum Bootsverleih neben der Brücke hinabzugehen, dort war ein Kiosk, der bis Mitternacht geöffnet hatte. – Jetzt werden sie ihn gefunden haben, oder er wird von selbst in die Kaserne zurückgekehrt sein, es wußten ja mehrere, nicht nur Viktor, was er mit mir vorhatte, Übung am Hindernis, ein Privatunterricht, um melden zu können, daß ausnahmslos jeder Angehörige seines Zuges die Bretterwand überwunden hatte, denn er ist ehrgeizig für uns und hat sich nie geschont, wenn es galt, ein Beispiel zu geben, hat uns allen vorgemacht, auch wie man überlebt im Verborgenen hinter den feindlichen Linien – los, Männer, die Blätter der Weide sind bekömmlich wie Salat, und diesem gewöhnlichen Gras werdet ihr noch manches abgewinnen, und die Käfer in morschen Stubben, die Larven besonders, alles, was Eiweiß enthält; nun knacken Sie schon diese Schnecke, Berger, ich befehle es Ihnen, diesen lebenden Leckerbissen, denn wenn Sie Feuer machen, sind Sie in wenigen Minuten im Arsch, und ich kaute mit geschlossenen Augen, erbrach mich und hatte nichts dagegen, daß er mich während des fortgesetzten Trainings übersah; erst im Hochmoor, wo wir Zielansprache übten, wandte er sich an mich und fragte nach dem Namen der großen Vögel, die bei Luftkämpfen aufeinander einhackten, und ich konnte ihm sagen, daß es Reiher waren, Reiher bei ihren Hochzeitsvorbereitungen.

Berger hatte Verlangen nach einer Zigarette, doch er wagte nicht, sie anzuzünden, aus Furcht, die kleine Flamme oder der Glutklumpen könnten ihn verraten. Von Zeit zu Zeit blickte er in das Wohnzimmer, in dem Anjas Vater immer noch, anscheinend dozierend, auf- und abging; nur einmal unterbrach er sich für ein unwillig geführtes Telefonat. Als Anja kam, schaltete sie an der Gartentür das Außenlicht an, eine scharfe Helligkeit verlieh den Büschen Kontur und genaue Schatten, und der glatte Plattenweg warf einen weißlichen Schimmer. Mit ihrem leicht hinkenden Gang kam Anja heran, sie setzte ihren linken Fuß, an dem sie einen großen ge-

wölbten Schuh trug, hart auf, es hörte sich an, als wollte sie ihr Nähern ankündigen. Auf Bergers Anruf blieb sie sofort stehen und sah ihm überrascht entgegen und fragte: Frank, was machst du hier? Was ist mit deiner Hand? Ich muß dich sprechen, sagte er, nur einen Augenblick. Komm rein, sagte sie, und er darauf, hastig: Du mußt mir helfen, mir ist etwas passiert – ich hab keine Schuld. Komm rein, wiederholte Anja, sie warten schon auf mich. Auf ihrem schmalen, klugen Gesicht erschien ein Ausdruck von Besorgnis. Bitte, sagte er und nahm ihre Hand, bitte, Anja, du kannst mir helfen, doch es muß unter uns bleiben, ich brauch nur Gewißheit. Sie sah ihn bestürzt an, sie fragte: Gewißheit? Welche Gewißheit? Ruf Viktor an, sagte er, ruf ihn in der Kaserne an, wenn du es dringend darstellst, wird man ihn an den Apparat in der Wachstube holen; die Schreibstube ist nicht mehr besetzt. Was hast du nur, Frank? fragte sie und versuchte, ihn ins Haus zu ziehen, und gab es auf, als sie merkte, wie energisch er sich widersetzte. Du brauchst Viktor nur zu fragen, ob er den Feldwebel gesehen oder etwas von ihm gehört hat, sagte Berger, weiter nichts. Den Feldwebel? Ja, sagte Berger und fügte hinzu: Bitte, ruf Viktor an, es hängt einiges für mich ab von seiner Nachricht, ich werde hier draußen auf dich warten. Anja schwieg eine Weile, dann sagte sie: Gut, ich werde anrufen, aber danach kommst du rein, versprochen? Versprochen, sagte er.
Soldat Berger suchte sein Versteck in den Rhododendren auf und beobachtete, wie Anja das Wohnzimmer

betrat, wie sie ihre Mutter an der Schulter berührte, wie sie ihrem Vater in den Weg trat und, während sie sein Glas nachfüllte, unaufhörlich sprach, beiläufig zunächst, so als begründete sie ihre verspätete Heimkehr. Nachdem sie die Flasche zurückgestellt hatte, schien sie sich zu sammeln, einfach durch ihre Haltung um Aufmerksamkeit zu bitten, wobei Berger ihr die Not des Anfangs anzusehen glaubte. Und dann, als sie sprach, war er fast sicher, daß sie von ihrer unvermuteten Begegnung berichtete und daß sie es übernommen habe, für ihn in der Kaserne anzurufen, um Viktor eine einzige Frage zu stellen. Daß sie es vermied, in den Garten hinauszublicken, nahm er als Zeichen dafür, daß sie seine unmittelbare Nähe verschwieg und wohl auch unerwähnt ließ, daß er hier auf ihre Nachricht wartete. Plötzlich unterbrach sie sich und ging auf den Tisch zu, auf dem das Telefon stand, doch bevor sie es erreichte, hob ihr Vater bereits den Hörer ab, schlug ein Verzeichnis auf und wählte. Berger zweifelte nicht, daß es die Nummer der Kaserne war. Wie lange es dauerte, bis ein Partner sich meldete; anscheinend machte Anjas Vater eine bissige Bemerkung, wobei er die Muschel mit der Hand verdeckte. Endlich sprach er, wenige Sätze nur, knapp und bestimmt, und danach mußte er wiederum warten, und Berger stellte sich vor, daß sie Viktor an den Apparat holten, und sah ihn durch den gefliesten Korridor laufen. Berger umfaßte einen Ast, drückte zu und bog ihn langsam zur Seite, so als dürfe ihm nun nichts entgehen, keine Regung, kein Ausdruck. Auch Anja zeigte eine gesteigerte Spannung, sie trat dicht an ihren Vater heran, vielleicht hoffte sie, mithören zu können. Das Gespräch dauerte kaum eine Minute, Anjas Vater fragte nur selten zurück, er stand mit gesenktem Gesicht da, und unerwartet ließ er den Hörer sinken, langsam, mit einer so resignierten Geste, als habe er etwas Unabänderliches erfahren.

Berger entging diese Geste nicht, er schauerte zusammen, er spürte einen jähen Druck in der Brust und ließ den Ast zurückschnellen und taumelte aus dem Gebüsch, fing sich aber gleich wieder auf den Steinplatten und stieß die Gartentür auf. Er lief. Einmal glaubte er, seinen Namen gehört zu haben, doch er blieb nicht stehen, er lief, er lief auf die Lichter der Brücke zu, die ihm verschliert vorkamen, wie durch Tränen getrübt. Auf der Brücke blieb er stehen, bis sein Atem sich beruhigt hatte. Regungslos starrte er auf den Kiosk hinab, der immer noch geöffnet hatte, empfand aber nicht den Wunsch, etwas zu essen. Sie haben ihn gefunden, sie haben ihn gesucht und an der Bretterwand gefunden, Anjas Vater konnte nichts mehr sagen, als er es erfuhr, er war so fassungslos, daß er kaum sprach, fast wäre ihm der Hörer aus der Hand geglitten, und nun wird auch er glauben, daß es mit Absicht geschehen ist, daß ich mich rächen wollte für alle Demütigungen; doch Anja wird es nicht glauben, sie hat mich immer verteidigt, hat sich sogar mit mir gegen Viktor verbündet und ihn zur Rede gestellt, als er in seinem Scherz zu weit ging – Anja wird zu mir halten, selbst wenn sich herausstellen sollte, daß…

Ein Ruderboot, in dem drei Soldaten saßen, rammte den Anlegesteg; der Bootsverleiher fing die zugeworfene Leine auf und rügte die Soldaten, die übermütig auf den Steg sprangen und untergehakt zum Kiosk gingen. Obwohl Berger sie nicht kannte, hielt er es für ratsam, ihnen auszuweichen; er verließ die Brücke und bog in die öffentlichen Grünanlagen ein, und hier, beim Denkmal für einen General vergessener Verdienste, hörte er auf einmal Anjas Stimme. Sie rief ihn, zumindest glaubte er, daß ihr verhaltenes Rufen ihm galt, und nach einigem Zögern blieb er stehen und wandte sich um; Anja war nicht zu sehen. Er mußte daran denken, daß Anja ihn geküßt hatte, ein einziges Mal; es war ein Belohnungskuß, den er bekam, nachdem er sie quer über einen glitschigen, zerfahrenen Waldweg getragen hatte, der bedeckt war mit knöcheltiefen Pfützen – getragen zur Belustigung von Viktor, der nur grinsend sagte: Anja liebt Barzahlung.

Ohne festes Ziel und dennoch eilig verließ er die Grünanlagen und strebte der erleuchteten Geschäftsstraße zu; hier ging er langsamer. Hin und wieder blieb er vor einem Schaufenster stehen, blickte auf Möbel, Textilien, auf getürmte Eßwaren – interesselos und so, als ginge ihm nicht auf, worauf er blickte. Auf einmal geriet er in einen warmen Luftstrom, Qualm wehte ihn an, er kam aus einem offenen Ecklokal, über dessen Tür in grün erleuchteten Lettern der Name »Zur Schleiereule« stand. Der Soldat ging hinein. Zufrieden stellte er fest, daß nur wenige Gäste anwesend waren. Er setzte sich

auf einen Hocker an der Theke, bestellte eine Cola und sah zu der ausgestopften Schleiereule auf, die, auf einem Birkenast befestigt, das Lokal auszuspähen schien. Mit einer verstohlenen Bewegung zog er den Teller mit Salzstangen zu sich heran, steckte sich einige in den Mund und griff sich gleich danach ein paar Mandeln. Der Wirt, der das bemerkt hatte, fragte ihn, ob er etwas essen möchte, die kalte Küche sei noch geöffnet. Berger schüttelte den Kopf und dankte für die Cola.
Ein magerer Mann – fliehendes Kinn, dünnes, verklebtes Haar – setzte sich neben ihn und trank ihm aus einem großen Bierglas zu, er trank den Rest auf das Wohl des Soldaten, und nachdem er ihn eine Weile aus glasigen Augen betrachtet hatte, sagte er: Soldaten wissen, was der Mensch braucht; ein Soldat tritt für den anderen ein, nicht wahr? Wenn jemand spendabel ist, dann ein Soldat, nicht wahr? Der Wirt wandte sich ruhig dem Mann zu, und mit einer Stimme, in der freundliche Warnung lag, sagte er: Geh an deinen Tisch, Alfons, sei friedlich und schieb ab. Sei nicht so streng, Joseph, sagte der Mann, der Soldat wollte mich gerade einladen; nicht wahr, Soldat, das wolltest du doch? Berger blickte hilflos den Wirt an und sagte: Es geht nicht, und setzte gleich hinzu: Ich möchte zahlen. Das höre sich einer an, sagte der Mann, so redet ein Soldat, der nicht weiß, was er einem Mitmenschen schuldig ist. Zahlen und sich dann verdrücken, nicht wahr? Zurück in die Kaserne, eine Minute vor dem Zapfenstreich, was? Der Wirt legte ihm eine Hand auf die Schulter und wiederholte: Geh

an deinen Tisch, Alfons, und mach hier keinen Heckmeck. Während Berger zahlte, starrte der Mann auf seine Uhr, es fiel ihm anscheinend nicht leicht, die Zeit abzulesen, und er lachte verlegen über sich selbst; doch dann sagte er: Vorbei, dein Zapfenstreich ist längst vorbei, Soldat. Müßtest seit einer guten Stunde an deiner Matratze horchen. Morgen werden sie dich dafür am Kanthaken kriegen, und dann ab zum Rapport. Geschieht dir recht, Soldat. Obwohl Berger noch nicht ausgetrunken hatte, rutschte er von seinem Hocker und ging zum Ausgang. Ihre Mütze, rief der Wirt ihm nach, hatten Sie keine Mütze?

Berger hörte es nicht; von plötzlicher Furcht getrieben, hastete er auf die Straße und bewegte sich schnell an den Schaufenstern vorbei, schnaufend, ohne allzugroße Rücksicht gegenüber den Passanten. Mitunter wandte er sich um und blickte zurück. Ein leichtes Zittern überfiel seinen Körper, er spürte, daß er ihn nicht mehr trug, daß er sich hinsetzen mußte, und als eine Frau, die ein kleines Mädchen an der Hand hielt, in ein mächtiges Wohnhaus trat, schloß er sich ihnen an. Das kleine Mädchen sah ihn ernst an, er zwinkerte ihm zu und hielt sich zurück, und nachdem die Schritte über ihm verhallt waren, setzte er sich auf eine Stufe und lehnte den Kopf gegen die Wand. Das Ende des Verbandes hatte sich gelockert, er verknotete es fest, indem er den Mund zu Hilfe nahm. Nach Hause, vielleicht sollte ich nach Hause fahren, es geht bestimmt noch ein Zug nach Hannover, ohne Fahrkarte, vor der Kontrolle in der Toilette

einschließen, aber was werden sie sagen, wenn ich sie nachts aus dem Schlaf hole, hier bin ich, mir ist ein Unglück passiert, bei einer Übung, es geschah ohne Absicht, und ihr könnt bezeugen, daß ich niemals ein einziges feindseliges Wort gegen ihn… – ich respektierte ihn, ich wünsche nichts mehr, als daß er durchkommt, ihr müßt es mir glauben.
Ein kleiner, struppiger Hund bellte ihn an, näherte sich ihm aber zugleich zutraulich, als eine Frau den Hund rief. Berger stand auf, bereit, Platz zu machen, doch die Frau verharrte vor ihm, deutete auf seine verbundene Hand und fragte, ob er gestürzt sei, ob er Hilfe brauche, ob sie etwas für ihn tun könne; und da Berger schwieg, fragte sie, zu wem er wolle, sie übernehme es gern, für ihn zu klingeln und Bescheid zu sagen. Der Soldat dankte ihr. Eine Hand stützend gegen die Wand gelegt, begann er, die Stufen hinabzugehen, so staksend und unsicher, daß die Frau ihm unwillkürlich nachging in der Befürchtung, er könnte fallen. Wenn Sie wollen, sagte sie, rufe ich den Notarzt. Sie können bei mir auf ihn warten, ich wohne nur einen Stock höher. Danke, sagte Berger, danke, es geht schon wieder; er beugte sich herab und streichelte flüchtig den Hund.
Draußen war es vollkommen windstill, die Geschäfte waren immer noch erleuchtet, doch zu dieser Stunde interessierte sich niemand mehr für die Auslagen; wer unterwegs war, hatte nur sein Ziel im Sinn. Ohne Sirene, nur mit eingeschaltetem Blaulicht fuhr ein Unfallwagen vorbei; die Verkehrsampel sprang von Rot auf

Grün um, als er sich ihr näherte. Berger überquerte rasch die Kreuzung und blieb vor einem Fotogeschäft stehen. Es wurde für Paßfotos geworben, für Familienfotos; leere Rahmen, die ein Drittel der Ausstellungsfläche besetzt hielten, warteten auf Gesichter.
Auf einmal mußte er an den Morgen denken, als sie zum Scharfschießen ausrückten, es war ein klarer, kalter Morgen, und auf dem Plan stand Einzel- und Dauerfeuer. Keiner schoß besser als Viktor und Niels, ein wortkarger Soldat von einer Nordseeinsel, aber fast so gut wie die beiden schnitt Berger ab – zur Überraschung des Feldwebels, der ihn vor seinen Kameraden belobigte. Bei der zweiten Serie indes – und er selbst fand keine Erklärung dafür – rutschte er tief ab, man rechnete ihm das schlechteste Ergebnis des ganzen Zuges an, was den Feldwebel veranlaßte, ihn zur Seite zu nehmen und ihm sein offenes Mißtrauen zu zeigen. Das war Absicht, Berger, sagte er, Sie können mir nichts vormachen. Und er sagte auch: So etwas geht nicht, solch einen Unterschied in den Treffern; ich weiß nicht, was Sie mit Ihrer Aktion bezwecken, aber ich möchte Ihnen raten, mich nicht herauszufordern. Es half Berger nichts, zu beteuern, daß er keineswegs mit Absicht schlecht geschossen hätte; das Mißtrauen des Feldwebels konnte er nicht zerstreuen.
Die Erinnerung an diesen Vorfall beunruhigte ihn; auch wenn er nicht genau sagen konnte, welch eine Bedeutung der Verdacht des Feldwebels einmal gewinnen könnte: er witterte, daß damals etwas geschah, das nun

womöglich gegen ihn sprechen würde. Beim Abwenden erblickte er in einem schmalen Spiegel sein Gesicht; er beließ es bei dieser schnellen Kenntnisnahme und ging weiter und hörte in der ausgestorbenen Straße den Fall seiner Schritte. Unwillkürlich hatte er den Wunsch, geräuschlos aufzutreten. Einmal kam ihm eine alte Frau entgegen, lange bevor sie auf seiner Höhe war, scherte sie aus, und als sie ihn passierte, war sie krampfhaft bemüht, wegzusehen.

In einem Aushang erblickte er ein Plakat, das ihn sogleich anzog, ein Kinoplakat, das für einen mehrfach ausgezeichneten norwegischen Film warb. Nur eine einsame Holzhütte war zu sehen, ein buckliger Pfad lief auf sie zu und führte hinter der Hütte in einen gezausten Bergwald; ein Eindruck von Verlassenheit ergab sich wie von selbst. Der Film hieß »Die Bitte«. Das Mädchen an der Kasse wies Berger darauf hin, daß die Nachtvorstellung bereits begonnen hatte, dennoch bat er um eine Eintrittskarte und kaufte nach kurzem Überschlag einen Schokoladenriegel. Da die Vorstellung schlecht besucht war, durfte er sich einen Platz aussuchen, er wählte eine Reihe, in der er allein für sich saß. Es gelang ihm nicht, sich auf die Handlung zu konzentrieren und kombinierend zu ergänzen, was er versäumt hatte, und nach kurzer Zeit blickte er nur unbeteiligt auf das arme Leben der Hüttenbewohner und hörte von der seltsamen Aufgabe, die sie übernommen hatten. Vater und Sohn brachen da – anscheinend zum wiederholten Mal – in den Wald auf, um einen Baum zu fällen, keinen beliebigen, sondern eine bestimmte Kiefer, bizarr und verzweigt, die alle anderen Bäume überragte. Die Frau auf dem schlichten Sterbelager hatte sie darum gebeten, sie hatte sich einen Sarg aus dem Holz dieser Kiefer gewünscht, und die Männer, die ihren Wunsch ohne Erstaunen oder gar Befremden anhörten, versprachen es ihr und schulterten Axt und Säge. Zu ihrer Verwunderung sprang schon nach den ersten Hieben die Axt ab, offenbar war da etwas Metallenes in den Stamm eingewachsen, eine Kette, ein eiserner Ring, jedenfalls drangen weder Axt noch Säge in das Holz ein, und erschöpft von ihrer Arbeit, kehrten die Männer zur Hütte zurück. Berger duckte sich, machte sich klein, denn den Mittelgang des Filmtheaters kam ein Mann herab, der suchend die Reihen entlangspähte, ein großer, uniformierter Mann, der eine Taschenlampe trug, den Schein aber nur auf den Boden richtete. Die Meldung, nun haben sie die Meldung herausgegeben und werden mich suchen, überall, wo sie mich vermuten, bestimmt auch zu Hause, sie werden in einem Auto sitzen vor unserem Haus und warten; Soldat Berger, ausgeschrieben zur Fahndung, tätlicher Angriff auf einen Vorgesetzten, sie werden lange warten und dann klingeln, nein, nicht nach Hause, am besten in ein anderes Land, nach Holland, nach Dänemark, schwarz über die Grenze, aber nicht in Uniform, wieviel Zeit der sich nimmt bei seiner Suche, ja, er trägt Uniform, eine Art Uniform, Leder mit Silberbeschlägen vielleicht, und vielleicht wird auch der Richter Uniform tragen, er wird den Prozeß eröff-

nen, Angriff auf einen Vorgesetzten mit tödlichem Ausgang, nein, nein.
Der Uniformierte schlenderte ruhig an der ersten Sitzreihe vorbei und kam dann den Seitengang herauf, stetig, wachsam, mit eingeschalteter Taschenlampe. Berger auf seinem Außensitz ließ ihn nicht aus den Augen, und als der Uniformierte unmittelbar vor ihm stand, schnellte er hoch und sprang ihn an. Mit einem einzigen Stoß schleuderte er ihn gegen die Wand, wurde nahezu mitgerissen, fing sich jedoch wieder und hastete, von einzelnen Rufen verfolgt, zum Ausgang. Ohne zu überlegen, wohin er sich wenden sollte, lief er die Geschäftsstraße hinab, schöpfte Atem in einer Torfahrt, lauschte zurück und lief weiter. Seine Lippen sprangen auf, das Hämmern im Kopf wurde stärker. Ein Taxi fuhr an ihm vorbei, verlangsamte überraschend die Fahrt und hielt vor dem erleuchteten Eingang eines Hotels. Als Berger herankam – eilig zwar, doch nicht mehr laufend –, stieg ein Paar aus, das sich in lockerer Umklammerung dem Hotel zuwandte und übermütig mehrmals den Knopf der Nachtglocke drückte. Berger klopfte an die Scheibe des Taxis; der Fahrer ließ ihn erst einsteigen, nachdem er das Ziel erfahren hatte. Kaserne? Gut, steigen Sie ein, liegt auf meinem Weg. Schweigend fuhren sie durchs Zentrum, am Hauptbahnhof vorbei, über dem eine fleckige Dunkelheit lag. Von fernher glaubte der Soldat Eisenbahnräder zu hören, Stimmen, schwache Kommandos. Er wischte sich mit der Hand über das schweißnasse Gesicht. Das Geräusch der Räder wollte

nicht verstummen, es marterte ihn, und als er einmal aufseufzte, fragte der Fahrer: Ist was? Es geht schon, sagte Berger. Er wußte, daß er den Fahrer nicht würde bezahlen können; er würde ihm den geringen Rest seines verbliebenen Geldes geben und ihn dann um seine Adresse und Geduld bitten bis zum nächsten Soldempfang. Wenn sie vor einer Verkehrsampel standen und Licht in den Wagen fiel, suchte er im Rückspiegel das Gesicht des Fahrers; alles jedoch, was er gelegentlich und nur für einen Moment zu sehen bekam, waren die Augen, aufmerksame, schnell wandernde Augen, die ihm mitunter zuzublinzeln schienen. Vermutlich spürte er Bergers Erregung.

Noch bevor sie die Einfahrt zur Kaserne erreichten, auf der Höhe der Gartenkolonie, bat Berger, anzuhalten. Hier? Hier! Es gab für ihn nichts zu erklären, er sammelte sein letztes Geld, gab es dem Fahrer und sagte: Mehr hab ich nicht, doch wenn Sie wollen... Der Fahrer ließ ihn nicht zu Ende sprechen, er starrte auf die wenigen Münzen und murmelte: Nicht diese Tour, mein Junge, nicht diese Tour, bei mir zieht das nicht. Bitte, sagte Berger, Sie müssen mir glauben, und wenn Sie wollen... Jetzt hob der Taxifahrer den Blick und sah prüfend in das Gesicht des Soldaten, und mit einer abrupten Bewegung reichte er ihm das Geld zurück und fuhr davon, ohne ein weiteres Wort.

Nirgends in der Gartenkolonie brannte ein Licht, der Soldat suchte und fand den Weg, den er gekommen war, und als er den Zaun erreichte – fast an der Stelle, an der

er hinübergeklettert war –, war es ihm, als stiege tief im Übungsgelände, gegen den Streifen zaghafter Helligkeit, eine Leuchtkugel empor, die einen Augenblick zitternd in der Luft stand, ehe sie zerbarst. Kreis, dachte er, jeder ist gefangen in seinem Kreis. Er überstieg den Zaun, ließ sich fallen und lauschte, und dann bewegte er sich in kurzen Etappen – Laufen, Hinwerfen, Laufen – durch das Übungsgelände, so lange, bis er die Bretterwand vor sich aufwachsen sah. Jetzt sprang er auf, jetzt sicherte er nicht mehr, mit wenigen Sätzen erreichte er das Hindernis und trat vor die Verankerung: er war weg, der Körper des Feldwebels war weg. Sie haben ihn vermißt, spätestens in der Messe haben sie ihn vermißt und brachen gemeinsam auf und fanden ihn hier und trugen ihn fort, von der Gewißheit erfüllt, daß er nicht aus Unachtsamkeit so gestürzt sein konnte, es muß Gewaltanwendung vorliegen, Angriff mit tödlichem Ausgang, denn da ist ja auch Blut auf seinem Gesicht.
Berger betastete die Stelle, an der der Feldwebel gelegen hatte, blickte zu den verschwommenen Lichtern, den hochhängenden Lichtern der Kaserne hinüber und stieß einen wimmernden Laut aus. Gewißheit, nur sie kann helfen: Gewißheit. Er strebte der Kaserne zu, nicht mehr sichernd und bereit, sich hinzuwerfen, sondern aufrecht und ohne Furcht, entdeckt zu werden. Immer wieder sammelte er Speichel in seinem Mund und spuckte aus. Sein Blick verschleierte sich. Abermals löste sich der Knoten seines Verbandes; er nahm sich nicht die Zeit, ihn festzuziehen. Und er blieb auch nicht

stehen, als Nachtvögel sich vor ihm erhoben und mit schwirrendem Flug abstrichen. Unbemerkt gelangte er in die Nähe der Kaserne, und hier sicherte er eine Weile, ehe er sich geduckt dem flachen, abseits liegenden Lazarettgebäude zuwandte. Er wagte es nicht, in das Gebäude hineinzugehen, er schlich sich an die Fensterfront an, hob sich vorsichtig und linste noch einmal in die von einer Notbeleuchtung erhellten Krankenzimmer hinein. Einige Zimmer lagen im Dunkeln, waren nicht belegt – an ihnen schlüpfte er vorbei. Auf einmal richtete er sich hoch auf, er vergaß jede Vorsicht, er war nahe daran, an die Scheibe zu klopfen; denn jetzt sah er den Feldwebel, sah, wie er sich auf die Seite drehte, ein Wasserglas an die Lippen hob und trank und sich beherrscht zurücklegte.
Soldat Berger fühlte, wie er zu zittern begann, eine jähe Freude durchströmte ihn, die Starre löste sich und wich einer heftigen Erregung, die ihn fortzwang. Es hielt ihn nicht mehr vor dem Fenster; was er wußte, überwältigte ihn, befreite ihn und weckte das Bedürfnis, zu den anderen zurückzukehren, zu den Kameraden. Wie ausdauernd und entschlossen er lief, am Rand des Sportplatzes entlang und dann im Schatten der Garagen, die Gewißheit trug ihn, verlieh ihm Kraft, und um an das Fenster zu gelangen, das zu seiner Stube gehörte – er wollte seine Kameraden wecken und sie veranlassen, das Fenster zu öffnen –, lief er ein Stück am Zaun entlang und weiter zwischen bewachsenen Erdbunkern, in denen Waffen und Munition lagerten. Plötzlich wurde er

angerufen, ein schroffer Befehl forderte ihn auf, stehen zu bleiben; Berger folgte ihm nicht. Wieder erreichte ihn der Befehl, klar und knapp, und da er glaubte, die Stimme seines Kameraden Niels erkannt zu haben, verlangsamte er seinen Lauf, blieb aber nicht stehen. In diesem Augenblick traf ihn der Feuerstoß. Wie es sich zeigte, lagen die Einschüsse so dicht beieinander, daß es aussah, als habe ihn ein einziges großkalibriges Geschoß getroffen.

Die Bewerbung

Die achte Bewerbung bekam er nicht mit dem Ausdruck des Bedauerns zurück: man bestätigte ihm den Eingang seiner Unterlagen, man versicherte ihm, sie mit Interesse gelesen zu haben, und man lud ihn, Arno Andersen, zu einem Vorstellungsgespräch in die Firma ein. Er las den Einladungsbrief mehrmals, ungläubig, grübelnd; an lauter Absagen gewöhnt, fragte er sich, was an seinen Unterlagen ihr Interesse hervorgerufen haben könnte, ihren Wunsch, ihn kennenzulernen und zu prüfen. Die kargen Mitteilungssätze ließen jedoch keine Vermutung zu.
Um Christiane am Ende nicht zu enttäuschen – denn er rechnete kaum mit einer festen Anstellung – und ihre Erbitterung, mit der sie auf jede Absage reagierte, nicht zu vergrößern, beschloß er, ihr nichts von dem unerwarteten Echo auf seine achte Bewerbung zu sagen; ein paar Tage lang versteckte er den Brief vor ihr, dann machte er sich ohne ihr Wissen auf den Weg. Unter dem Vorwand, zur Universitätsbibliothek zu gehen, verließ er das Haus, trat in den weichen Schneefall, und als er zu seinem Wohnungsfenster hinaufblickte, sah er dort

Christiane stehen wie immer, ernst, in schwarzem Rollkragenpullover; statt ihm zurückzuwinken, drückte sie beide Handflächen gegen das Fenster. Er ging durch den sanftesten Schneefall, den er je in Hamburg erlebt hatte, kein Wind trieb die Flocken in den U-Bahn-Schacht, selbst auf der Fleetbrücke, wo es sonst stiemte und wirbelte, herrschte nur lautloser Fall. Vor dem renovierten Kontorhaus versicherte er sich zum zweiten Mal, daß er den Brief bei sich hatte, und dabei dachte er unwillkürlich an Christiane, dachte an ihre anfängliche Niedergeschlagenheit, die, je öfter er eine Bewerbung zurückbekam, allmählich einer nur mühsam beherrschten Erbitterung wich. Eines Tages, als sein Ansuchen zum fünften Mal abschlägig beschieden worden war, hatte sie ihm in ihrer Verzagtheit etwas gesagt, was ihn nicht nur traurig, sondern auch ratlos machte. Ohne ihn anzusehen, hatte sie festgestellt: Ob man etwas erreicht oder nicht, muß nicht immer an den anderen, es kann auch an einem selbst liegen. Daß sie sich später dafür entschuldigte, reichte für ihn nicht aus, diese Bemerkung zu vergessen.
Arno Andersen mußte daran denken, als er auf die mächtige, bläulich schimmernde Glaswand des Kontorhauses zuging. Flüchtig stäubte er den Schnee von seinem Mantel und betrat das Gebäude. Er brauchte sich nicht beim Pförtner zu erkundigen: auf der Tafel mit den ein wenig eingedunkelten Firmennamen fiel ihm das helle Messingschild sogleich ins Auge, Triton-Verlagsgesellschaft, vierter Stock. Am Kopf des mageren,

verschlossen wirkenden Mannes vorbeiblickend, der gemeinsam mit ihm im Fahrstuhl hinauffuhr, suchte er sein Gesicht in dem schmalen Spiegel, über den ein Reklamespruch hinlief; der Spruch versprach das Wissen, das einem Sicherheit gibt, mit dem Triton-Lexikon in drei Bänden. Beim Verlassen des Fahrstuhls dankte Andersen dem Fremden und folgte dann mehreren roten Pfeilen, die ihn durch verwinkelte Gänge zum Hauptbüro der Verlagsgesellschaft führten.

Die alte Sekretärin nahm ihm den Mantel ab. Sie lächelte und entblößte dabei ihre Schneidezähne, an denen Spuren von Lippenstift schimmerten. Ihr entging nicht die Scheu und die Unsicherheit des Besuchers, der immer wieder zu Boden blickte, offenbar besorgt, daß seine Schuhe schmutzige Flecken auf dem beigefarbenen Teppichbelag zurückließen. Knapp wies sie ihn auf das Fenster, auf den Schneefall draußen hin und sagte freundlich: Der Tee steht schon bereit; dann öffnete sie, ohne anzuklopfen, eine Tür und rief in das Zimmer hinein: Herr Doktor Andersen ist da.
Ein stämmiger Mann kam hinter seinem Schreibtisch hervor, er hatte lichtes, blondes Haar, trug eine Jeansjacke und eine sehr schmale Lederkrawatte. Mein Name ist Kuhnhardt, sagte er, ich danke Ihnen für Ihr Kommen; und nachdem er Andersen einen Stuhl am weißgrauen Konferenztisch angeboten hatte, schenkte er seinem Besucher und sich selbst Tee ein und zog einige bereitliegende Papiere zu sich heran, die Ander-

sen als seine Unterlagen erkannte; daß sie gelesen, zumindest durchgeblättert worden waren, sah er daran, daß sie nicht mehr in der Cellophanhülle steckten. Einmal, als er seine Bewerbung zum siebten Mal zurückbekam, hatte Christiane den Verdacht geäußert, daß seine Dokumente gar nicht gelesen worden waren, und um ihm zu beweisen, daß dies oft geschah, machte sie den höhnischen Vorschlag, bei einem künftigen Ansuchen die einzelnen Blätter mit Honig zusammenzukleben. Kuhnhardt, das zeigte sich sogleich, hatte sich eingehend mit ihm beschäftigt, er wußte sogar, daß Andersen sich auf ein Stellenangebot im »Abendblatt« beworben hatte, doch obwohl er die Lebensdaten des Bewerbers kannte, erließ er es ihm nicht, auch mündlich Auskunft über sich selbst zu geben. Und Arno Andersen, der mit seinen sechsundzwanzig Jahren wie ein höflicher Abiturient wirkte, antwortete bereitwillig auf alle Fragen.
Ein Mann wie Sie sollte die Universitätslaufbahn einschlagen, sagte Kuhnhardt. Ich habe es versucht, sagte Andersen, doch in der Philosophischen Fakultät gibt es keine offene Stelle. Sie haben einen bedeutenden Preis bekommen: »Jugend forscht«. Es war nur der Zweite Preis in der Disziplin Geisteswissenschaften. Und als Reiseleiter haben Sie auch gearbeitet. Ich war nur Assistent des Reiseleiters. Kuhnhardt senkte seinen Blick, überflog noch einmal einige Sätze des Lebenslaufs und murmelte: Also Florenz… sobald ich in dieser Stadt bin, beschleunigt sich mein Herzschlag. Es ist eine

schöne Stadt, bestätigte Andersen, schwieg aber sogleich, weil er daran denken mußte, daß in Florenz seine Schwester von einem Bus überfahren wurde. Ein plötzliches Lächeln glitt über Kuhnhardts rötliches Gesicht, er sagte langsam: Über Seneca haben Sie also Ihre Dissertation geschrieben. Ja, sagte Andersen, meine Arbeit beschränkt sich allerdings auf Senecas Schrift »Über die Milde«. Klingt das heute nicht ein wenig komisch? Was? Der Titel, der Titel »Über die Milde«. Die Schrift zielt auf Nero, sagte Andersen leise, sie handelt von den Risiken des Alleinherrschers. Kuhnhardt schob die Unterlagen zusammen, zwängte sie in die Cellophanhülle und stand auf, und in diesem Augenblick fühlte Andersen sich an das Ende seiner Vorstellung in der Reederei erinnert. Auf einmal, nach einem lockeren Gespräch, hatte der weißhaarige Prokurist seine Dokumente in die Cellophanhülle gezwängt, war aufgestanden und hatte ihm mitgeteilt, daß er demnächst von der Firma hören werde, und schon auf dem Weg zur Tür wußte Andersen, daß er den Auftrag, für die neuen Schiffe der Flotte eine unterhaltsame Bordbibliothek zusammenzustellen, nicht erhalten würde.
Statt ihm einen entsprechenden Brief anzukündigen, nickte Kuhnhardt ihm anerkennend zu und sagte: Ich hab mein Studium abgebrochen, kurz vor der Promotion; meine Karten waren anders gemischt. Dann führte er Andersen vor ein mannshohes Bücherregal, das besetzt war mit der bisherigen Produktion des Triton-Verlags; es waren ausschließlich Nachschlagewerke: ein

Wörterbuch der Berufe, ein Wörterbuch der Psychologie, ein Fremdwörterbuch und ein Handwörterbuch der Philosophie, und für sich stehend, marineblau mit weißer Schrift, das Hauptwerk, das Triton-Lexikon in drei Bänden.
Kuhnhardt nahm einen Band heraus, blätterte, ließ ein paar Seiten schnurrend durch die Finger laufen und reichte den Band an Andersen weiter, der sich Zeit nahm, um alles unter dem Stichwort Lippfisch zu lesen. Ein nützliches Werk, sagte Andersen, und Kuhnhardt darauf: Überaus nützlich, doch leider läßt der Verkauf zu wünschen übrig. Vielleicht liegt es daran, daß wir noch nicht eingeführt genug sind. Nachdenklich kehrte er zum Konferenztisch zurück, und mit einer Geste bat er Andersen, sich zu setzen, und sah eine Weile in schweigender Bekümmerung auf ihn hinab, so, als legte er sich schonende Worte für den Abschied zurecht; und als Andersen dachte: Das war es also, hob er die Schultern und sagte: Ich möchte Sie gern bei uns aufnehmen, auch mein Gesellschafter möchte es, doch das Lektorat ist vollzählig, und für eine andere Beschäftigung sind Sie überqualifiziert. Wie meinen Sie das, fragte Andersen, und Kuhnhardt strich einmal leise über die Unterlagen und sagte: Wir können Ihnen nichts Angemessenes bieten, nichts, was Ihrer Ausbildung entspricht.
Einmal hatte er eine Bewerbung von sich aus zurückgezogen, damals, als sie ihm im Sender nur eine Arbeit im Tonband-Archiv anbieten konnten; Christiane, die ihn

in der Gewißheit erwartet hatte, daß er diesmal einen Vertrag mit nach Hause brachte, war von seiner Entscheidung enttäuscht; es gibt Zeiten, hatte sie gesagt, in denen man nicht auf einer Wahl bestehen kann. Unwillkürlich mußte Andersen daran denken, und an Kuhnhardt gewandt, der ihn abwartend musterte, sagte er: Es muß nicht unbedingt das Lektorat sein.
Kuhnhardt schenkte ihm Tee nach, setzte sich ihm gegenüber und begann, eine klobige Pfeife auszukratzen und Asche und Krümel über einem großen Aschenbecher auszuklopfen. Während er sie sorgfältig stopfte, gab er zu verstehen, daß einstweilen nur eine Position frei wäre. Was er anzubieten habe, sei allein eine – allerdings lohnende – Tätigkeit auf Provisionsbasis; diese Tätigkeit bestehe im Hausverkauf des dreibändigen Triton-Lexikons. Er deutete an, daß es nach einer erfolgreichen Probezeit von einem Vierteljahr zu einer endgültigen Vertragsunterzeichnung kommen könnte; später dann ergäbe sich auch durchaus die Möglichkeit, innerhalb des Verlags auf eine andere, eine gehobene Position zu wechseln. Arno Andersen erbat sich keine Bedenkzeit; dankbar und von Zuversicht erfüllt, nahm er das Angebot an, die unverhoffte Gewißheit dämpfte seine Unruhe. Für seine Vorbereitung auf die ungewohnte Tätigkeit wurde der nächste Tag vereinbart; er selbst machte diesen Vorschlag, und er empfand eine seltsame Genugtuung, als Kuhnhardt ihm zum Abschied mit allen drei Bänden des Lexikons belud – schon mal als Hausaufgabe, und um die Zuverlässigkeit und

den Wert des Werkes zu überprüfen. Kuhnhardt öffnete ihm die Tür zum Sekretariat; von einem Besucherstuhl erhob sich ein gutaussehender Mann in grauem Flanell, der Andersen an einen italienischen Schauspieler erinnerte, den er in einem alten Film gesehen hatte. Noch während er auf den Titel des Films zu kommen versuchte, hörte er die Sekretärin sagen: Herr Stübbs, er ist bestellt.

Schon von weitem erkannte er Christiane. Sie wedelte mit dem Handfeger über die Windschutzscheibe ihres alten VW, der unter einer Laterne geparkt war, wischte mit dem Arm den Schnee von der Haube, säuberte Rückspiegel und Heckfenster, so eilig und verbissen, daß sie weder seinen Pfiff hörte noch die Zeichen wahrnahm, die er ihr machte. Andersen begann zu laufen, und als das Auto anfuhr, sprang er vom Bürgersteig auf die Straße und hob den freien Arm und blieb unbesorgt stehen, bis Christiane unmittelbar vor ihm hielt. Er stieg ein. Er legte eine Hand auf ihren Arm und blickte sie lächelnd an, doch bevor er etwas sagte, bat ihn Christiane: Mach schnell, ich bin schon zu spät dran, du kennst die neue Oberschwester. Diesmal kannst du sie warten lassen, sagte Andersen und forderte sie sanft auf, zurückzufahren und noch einmal nach Hause zu kommen, nur für ein paar Minuten. Mißmutig setzte sie zurück, blickte auf die drei dickleibigen Bände, blickte auf ihre Uhr und fragte noch einmal, ob er ihr nicht rasch sagen könnte, was er auf dem Herzen habe, doch er

schüttelte den Kopf und zog sie einfach mit sich, so voll kaum unterdrückter Freude, daß er ihren Hinweis auf gerade erhöhtes Heizungsgeld überhörte.
Christiane nahm nicht die hellblaue Wollmütze ab, unter die sie ihr Haar gezwängt hatte, zog auch nicht ihren Dufflecoat aus; stehend, die Schlüssel befingernd, wartete sie darauf, was er ihr zu erzählen hatte. Bevor er ein einziges Wort sagte, küßte er sie schnell, dann trat er hinter den Tisch, auf dem das Triton-Lexikon lag, beklopfte es mit dem Knöchel und verkündete zwinkernd: Hier, Christiane, ist das Wissen gesammelt, das einem Sicherheit gibt. Und da er nun ihre Ungeduld bemerkte, schilderte er seinen Besuch in der Verlagszentrale. Er gestand ihr mit gespielter Zerknirschung, daß er nicht in die Universitätsbibliothek, sondern zu einem Vorstellungsgespräch gegangen war, und in der Erwartung, daß sie ihn verstehen und sich mit ihm freuen werde, erwähnte er, daß er diesmal erfolgreich gewesen sei: Wir sind uns einig, morgen werde ich eingewiesen. Christiane zögerte einen Augenblick, sie sah ihn unentschieden an und fragte dann nur: Lektorat? Später vielleicht, sagte er, zunächst haben sie mir etwas im Vertrieb angeboten, auf Provisionsbasis. Also nicht im Lektorat, sagte sie, und ihm entging nicht die Enttäuschung, die in ihrer Frage lag. Bitte, sagte er, du mußt es verstehen, es ist nur etwas für den Anfang. Hast du einen Vertrag? Noch nicht; wir haben eine Probezeit ausgemacht, drei Monate zur Probe, danach machen wir einen Vertrag. Ein flüchtiger Ausdruck von Zweifel

erschien auf ihrem schmalen Gesicht, abermals blickte sie auf ihre Uhr, und mit dem Ausruf: Die Clausen wird mir eine Szene machen, wandte sie sich zur Tür. Mit ein paar Schritten war er bei ihr, er umarmte sie, er forschte in ihren Augen und fragte: Du freust dich doch, oder?, und in bittendem Ton: Wir sprechen am Abend über alles, ja?

Andersen trat ans Fenster und sah sie aus dem Hausflur kommen, er wartete darauf, daß sie ihm winkte, doch bevor sie es tat, rannten zwei Jungen auf sie zu und bewarfen sie mit Schneebällen, zielgenau. Sie beugte sich vor und hob die Arme schützend vor das Gesicht, und so lief sie auf das Auto zu und brachte sich, abermals getroffen, in Sicherheit. Ich werde etwas vorbereiten, dachte er, heute abend – ich werde dich überraschen. Nachdem sie davongefahren war, streifte er an dem einfachen Bücherregal vorbei, das er selbst aus Oldenburger Ziegeln und weißlackierten Brettern zusammengesetzt hatte; auf dem obersten Brett standen ein paar gerahmte Fotos, sie waren so angeordnet, als begutachteten die Personen sich gegenseitig. Er nahm das größte Foto herab, es zeigte Christiane in Schwesterntracht auf der Terrasse des Krankenhauses, in dem sie ihm eine Niere implantiert hatten. Christiane hielt in einer Hand ein Tablett, auf dem ein Wasserglas und deutlich ein Plastikschälchen mit Medikamenten zu erkennen waren; beides war für ihn bestimmt, der, von einem Sonnenschirm beschützt, in einem altmodischen Korbsessel saß und ihr zublinzelte. Das Foto war auf

seinen Wunsch gemacht worden – am selben Tag, an dem er Christiane eingeladen hatte, seine Entlassung gemeinsam zu feiern.
Wasser rauschte in der oberen Wohnung, dann hörte er die Schritte des alten, beleibten Schauspielers, stampfende Schritte, die Wut und Trotz ankündigten, und gleich darauf hörte Andersen ihn deklamieren: Nein und nochmals nein, denn sie sind abtrünnig geworden vom Licht, und was sie verdienen, sind die Trauben des Zorns. Er stellte das Foto an seinen Platz zurück, setzte sich an den Tisch und schlug an einer beliebigen Stelle das Lexikon auf; er las: Ochlokratie, und war einverstanden mit der Erklärung.

Nicht Kuhnhardt, sondern Bollnow, ein redseliger Mann mit gütig blickenden Augen, nahm sich seiner an; er führte ihn in sein kahles Büro, wärmte ihn mit einem doppelten Linien-Aquavit und wies ihn so umfassend in seine Tätigkeit ein, daß Andersen nicht eine einzige Frage zu stellen brauchte. Alles erschien ihm eindeutig, vernünftig und leicht erreichbar, und sein Zutrauen wuchs, als Bollnow eine Hamburg-Karte ausbreitete und ihm beibrachte, daß er gut daran täte, einige Stadtteile – wie die Villenquartiere von Othmarschen und den Walddörfern – bevorzugt aufzusuchen; beiden erschien es überflüssig, die Gründe zu nennen. Ausgestattet mit Prospekten, mit Bestellblock und der dreibändigen Ausgabe, die der Demonstration dienen sollte, verabschiedet mit aufmunterndem Schulterschlag

und dazugehörenden Erfolgswünschen, trat Andersen seine Tätigkeit an.
Den verlagseigenen Koffer zwischen die Beine geklemmt, saß er in der S-Bahn und fuhr hinaus in den empfohlenen Vorort, und dabei dachte er an Christianes späte Heimkehr. Zu erschöpft, um wißbegierig zu sein, hatte sie ihm fast nur schweigend zugehört und dabei von der Pizza gegessen, die er vom Italiener geholt und dann noch einmal aufgewärmt hatte; statt des roten Landweins, den er ihr zur Feier des Tages einschenken wollte, bat sie um Tee. Mitunter lächelte sie, doch es war kein Lächeln der Zustimmung zu seinem Entschluß, sondern der stillen Belustigung über den Eifer, mit dem er sie bediente. Um ihm zu danken, nahm sie seine Hand und legte sie an ihre Wange, und plötzlich sagte sie leise: Der schwedische Student ist tot, er ist heute nachmittag gestorben. Er sah, daß ihr dieser Tod nahe-ging. Er strich ihr übers Haar. Ohne die Stimme zu heben, sagte Christiane: Einmal, als ich nachts bei ihm saß, meinte er: Ich weiß gar nicht, Schwester, was mit mir los ist – ich habe überhaupt keinen Ehrgeiz, ich glaube nicht einmal, daß ich den Ehrgeiz habe, wieder gesund zu werden. Und was hast du ihm darauf gesagt? fragte er. Oh, sagte Christiane, ich erinnere mich nicht genau, vermutlich sagte ich: Ohne ein Ziel kann man nicht leben. Christiane bat ihn um Verständnis und ging bald nach dem Essen zu Bett.
Andersen musterte das große dunkle Haus, stieß die Gartenpforte auf und stapfte über den verschneiten

Weg, auf dem sich nur eine einzige Fußspur abzeichnete, zum Eingang. Noch bevor er geklingelt hatte, trat er sich auf einem Rost die Füße ab und wartete, und er fühlte sich erleichtert, als ein alter Mann erschien – er trug eine wollene Hausjacke und an den Füßen flauschige Pantoffeln –, der ihn freundlich und ohne ein einziges Wort zu sagen ansah, so lange, bis Andersen ihm höflich den Grund seines Besuches erklärt hatte; dann nahm er ihn an die Hand und zog ihn ins Haus, in ein lichtarmes, überladenes Zimmer, in dem Zeitschriften und alte Zeitungen gestapelt waren. Der Mann lenkte Andersens Blick auf eine zwanzigbändige Ausgabe des Schlosser-Lexikons und sagte schmunzelnd: Die ist zwar von achtzehnhundertachtundneunzig, aber für meine Bedürfnisse reicht sie aus. Gewiß, eine wertvolle Ausgabe, sagte Andersen, und nach einigem Zögern: Allerdings dürfte da noch nichts über Raumfahrt zu finden sein. Der alte Mann nickte; er sagte versonnen: Da haben Sie recht, aber auf dieses Kapitel kann ich verzichten, weil ich bald selbst da oben sein werde und mich dann persönlich umsehen kann.

Gleich sein nächster Besuch – nicht im Nachbarhaus, das zu betreten er sich scheute, sondern im weiter weg gelegenen sahnefarbenen Eckhaus der Straße – brachte ihm den ersten Erfolg. Auf sein Klingeln öffnete ein Mädchen, das er auf etwa zwölf Jahre schätzte; es war wie eine Erwachsene gekleidet, hatte sich zartblaue Augenschatten gemalt und fragte affektiert nach seinen Wünschen. Als er wissen wollte, ob die Eltern zu Hause seien, sagte sie: Wenn es Ihnen nichts ausmacht, können Sie auch mit mir sprechen. Andersen nannte ihr den Grund seines Besuches, wobei er zu ihr wie zu einer Erwachsenen sprach, und zu seiner Überraschung bat sie ihn ins Haus und führte ihn ins Wohnzimmer. Ein lässig wirkender Mann, der in einer Modezeitschrift blätterte, erhob sich, und auf die Frage des Mädchens: Ist Mama noch im Badezimmer, Onkel Billy? fragte er zurück: Gibt's was Besonderes?

Das Mädchen zeigte auf Andersen und sagte: Dieser Herr bietet ein ganz neues Lexikon an. Ich brauche eins, Onkel Billy. Wenn du es für mich bestellst, vergesse ich, daß du mir kein Geburtstagsgeschenk gebracht hast. Der Mann lächelte verblüfft, taxierte Andersen, schüttelte in vorgegebener Widerstandslosigkeit den Kopf und ließ sich dann das Triton-Lexikon zeigen. Nachlässig blätterte er darin, er suchte kein Stichwort, blickte nur ab und zu auf ein Foto und sogleich wieder auf das Mädchen; schließlich drohte er ihr freundlich und murmelte: Kleine Erpresserin. Das Bestellformular, das auf den Namen des Mädchens ausgeschrieben wurde, unterzeichnete er nicht mit Billy, sondern mit Siegbert Schlunz.

Andersen wußte da noch nicht, daß dies der einzige Erfolg des Tages bleiben würde; zuversichtlich bog er in eine stille Straße ein, der Schnee knirschte unter seinen Füßen, und während er ging, begann er die Häuser abzuschätzen und vom Aussehen der Häuser auf ihre Bewohner zu schließen und in launiger Erwägung auf ihren mutmaßlichen Bedarf seines Lexikons. Und er

dachte an den Augenblick, als er im Dunkeln neben Christiane lag und sie wie zur Rechtfertigung seines Entschlusses daran erinnerte, daß manche seiner ehemaligen Kommilitonen sogenannte Parkpositionen angenommen hatten, Tätigkeiten von erklärter Vorläufigkeit, um zunächst nur einen Fuß zwischen die Tür zu bekommen. Eine Parkposition ist heute die halbe Miete. Wenn du das geschafft hast, hatte er ihr gesagt, vergrößern sich die Aussichten wie von selbst, und Christiane hatte ihm zugestimmt und ihm noch vor dem Einschlafen beigebracht, daß sie ihr Auto in die Werkstatt bringen müßte.
Er war gewappnet, war auf alle möglichen Reaktionen an den Haustüren vorbereitet, dennoch war er nicht nur ratlos, sondern auch erschüttert, als er dem Mann auf der Freitreppe gegenüberstand. Stumm hörte der sich Andersens Angebot an, die Lippen zitterten, ein Ausdruck von Feindseligkeit entstand auf seinem Gesicht, und ohne auch nur ein Wort zu verlieren, trat er plötzlich zurück und schmetterte die Tür zu. Erschüttert fragte sich Andersen, was er falsch gemacht haben könnte, er überprüfte die Sätze, die er gebraucht hatte, suchte die Erklärung für das Verhalten des Mannes bei sich selbst. In dem Gefühl, eine Zurechtweisung erhalten zu haben, stieg er die Freitreppe hinab und verzichtete darauf, an den Türen der Nachbarhäuser zu klingeln. Der verlagseigene Koffer schien auf einmal schwerer geworden zu sein, eine leichte Mutlosigkeit stieg in Andersen auf, er mußte sich dazu zwingen, eine

spürbare Hemmung zu überwinden, und als er den Summer an einer Gartenpforte betätigte, erwog er bereits, diesen Besuchstag vorzeitig zu beenden. Aber dann begegnete er dem alten Ehepaar, das sich zwar zu keiner Bestellung entschließen konnte, ihm aber versprach, sogleich sein Lexikon zu erwerben, wenn es bei einem der zahllosen Preisausschreiben, an denen es sich beteiligte, Glück haben sollte. Und er fühlte sich nicht mehr bedrückt. Er mußte seine Adresse dalassen. Er steuerte das Nebenhaus an.
Sechs Besuche machte er noch an diesem Tag, und wenn es ihm auch nicht mehr gelang, einen neuen Namen auf die Bestell-Liste zu setzen, so hatte er doch vor keiner Tür den Eindruck, unerwünscht zu sein: sein Triton-Lexikon, das er stets ruhig – jedenfalls ohne Überredungseifer – anbot, sicherte ihm Aufmerksamkeit und Interesse. Einmal bot man ihm eine Tasse Kaffee an, ein andermal, als er in einen Kindergeburtstag hineinschneite, mußte er Mandelplätzchen probieren und bekam eine rosafarbene Papierblume geschenkt. Vielleicht wäre es ihm gelungen, zwei Exemplare im Nachbarhaus selber abzusetzen, doch wie er zu seiner Verblüffung feststellte, hatte an gleicher Stelle schon ein anderer einen erfolgreichen Besuch gemacht. Man zeigte ihm das Original des Bestellscheins; es war unterschrieben mit dem Namen Alfons Stübbs.

Auf dem Platz unter der Laterne, wo sonst Christianes Auto stand, hatte jetzt Norbert, Christianes Bruder, seinen Wagen geparkt. Anscheinend hatte er vergessen, das Licht auszuschalten; in seinem gelblichen Schein tanzte fallender Schnee. Andersen überquerte die Straße, auf der der Verkehr fast lautlos vorbeizog, und blickte zu den erleuchteten Fenstern seiner Wohnung hinauf, doch da zeigte sich nichts, kein Mensch, kein Schatten. Wie er vermutete, saßen Christiane und Norbert am Küchentisch, Norbert im offenen Mantel, vor sich ein halbvolles Glas mit dem roten Landwein, den Andersen zur Feier seiner vorläufigen Anstellung gekauft hatte. Bei seinem Eintritt bot Christiane sich an, ihm ein paar Brote zu machen; er winkte ab: Später vielleicht, und er winkte ebenfalls ab, als sie ihm ein Glas hinstellen wollte. Norbert hat mich von der Werkstatt nach Hause gefahren, sagte sie schnell, und im Abwenden: Da kommt einiges auf uns zu. Um ihm zu danken, nickte Andersen Norbert freundlich zu; er freute sich, seinen Schwager wiederzusehen, er hatte ihn gern, diesen fülligen, unbesorgt wirkenden Mann, der so oft für gute Stimmung gesorgt hatte, und er zweifelte nicht daran, daß die Sympathie, die er für ihn empfand, erwidert wurde. Komm, sagte Norbert, komm und setz dich und erzähl, ich hab schon gehört, daß sich endlich etwas ergeben hat.

Andersen zuckte die Achseln. Er lächelte resigniert und war bemüht, Christianes Blick aufzunehmen; sie saß schweigend da, besorgt, als rechnete sie damit, daß er nur die Befürchtungen bestätigen würde, die sie von Anfang an gehegt hatte. In der Absicht, ihm den Anfang

zu erleichtern, ihn vielleicht zu trösten, sagte Norbert: Es beginnt immer mit Klinkenputzen und dergleichen, das haben auch einige der Größten erfahren. Was meinst du, wozu sie mich in der ersten Zeit im Labor rangekriegt haben.
Stockend, die Erfahrungen sortierend, die er gerade an Haustüren gemacht hatte, wollte oder konnte Andersen noch nichts Abschließendes sagen; er gab lediglich zu, daß er sich mitunter überwinden mußte, den Klingelknopf zu drücken, und er äußerte auch den Verdacht, daß es ihm einstweilen wohl an Begeisterung fehle und an der Hartnäckigkeit, die anscheinend dazugehörten. Das magere Ergebnis, das er nach Hause brachte, werde ihn aber nicht dazu verleiten, seine Tätigkeit frühzeitig zu beenden; denn sie sei ja nur eine Durchgangsphase. Und deshalb lohnt es sich, sagte Norbert entschieden; du gehörst in ein Lektorat, du mit deinen Fähigkeiten, und wenn der Weg dorthin über eine zeitweilige Außentätigkeit führt, dann solltest du ihn nehmen. Das war wieder wie zum Trost gesprochen, Andersen spürte es, und er sah Norbert dankbar an und forderte ihn auf, auszutrinken.
Christiane erhob sich mit einem Ruck und seufzte auf und sagte: Ich weiß nicht, ich weiß nicht, wohin das noch führen wird. Man kann euch nur bedauern – nicht dich, Norbert, nicht die Chemiker und überhaupt die Naturwissenschaftler, aber die vielen anderen, die alte Sprachen studiert haben und Kunstgeschichte und Klassische Philosophie. Wir hören, wir sehen doch, was

sich ihnen bietet, wenn sie fertig sind mit ihrem Studium. Wer sich für Geistesgeschichte entscheidet, der muß damit rechnen, auf der Halde zu landen, das ist heute nun mal so. Ich jedenfalls glaube, daß es nicht mehr lange dauern wird, bis wir in allen Berufen Leute mit abgeschlossenem Studium haben, auf den Baugerüsten, im Hafen, als Schaffner und Taxifahrer. Christiane unterbrach sich, sie schüttelte den Kopf, konzentrierte sich plötzlich auf etwas, und dann wandte sie sich an Norbert und sagte bitter: Einmal – vielleicht erinnerst du dich – hat Arno einen bedeutenden Preis bekommen: »Jugend forscht«. Er hat damals ein Fragment von Heraklit interpretiert. Man hat ihm bescheinigt, daß seine Interpretation ein erhellender Beitrag zur Wertediskussion sei. Und was ist daraus geworden? Nichts! Außer der Jury interessierte sich niemand für den Text. Wenn er in einem Quiz die Hobbys von Michael Jackson hätte nennen können, wäre er gewiß populär geworden.
Bitte, sagte Andersen, bitte, Christiane, ich merke, worauf du hinauswillst, aber ich glaube immer noch, das richtige Studienfach gewählt zu haben, mein Fach. Du weißt, wieviel es mir bedeutet. Niemals könnte ich den Weg einschlagen, den Norbert gegangen ist. Zur Chemie fehlen mir einfach die Voraussetzungen. Warte nur ab. Er blickte Christiane an, die zum Fenster trat und auf die Straße hinabschaute, und an der Art, wie sie dastand, glaubte er ihre Verzagtheit zu erkennen. Arno hat recht, sagte Norbert; noch ist es keineswegs so, daß die

beste Arbeit die ist, die man gerade bekommen kann; ihr müßt Geduld haben. Da drehte Christiane sich um und sagte trocken: Du hast das Licht brennen lassen.

Ohne Eile verabschiedete sich Norbert, er umarmte beide, schaute einmal flüchtig auf sein Auto hinab und ließ sich von Andersen zur Tür bringen. Vor dem Bücherregal blieb er abrupt stehen und betrachtete das silberne Set – Dosen, Kännchen, zwei durchbrochene Schalen –, das auf einem ovalen Tablett neben den Fotografien stand. Er deutete eine streichelnde, schützende Bewegung an. Sheffield, sagte er leise, ein berühmter Silberschmied in Sheffield hat's gemacht; Mutter bekam es zur Hochzeit. Ich weiß, sagte Andersen, und nachdem er Norbert noch einmal nachgewinkt hatte, kehrte er in die Küche zurück und war nicht überrascht, daß Christiane ihn dringend erwartete, dringend und fordernd, so als schulde er ihr erste Rechenschaft, nun, da sie allein waren.

Andersen hob seinen Koffer auf den Küchentisch, fischte den Bestellblock heraus und schob ihn Christiane zu. Fast wäre ich drei losgeworden, murmelte er. Es ist nur eine Bestellung notiert, sagte Christiane, und er darauf: Da scheint etwas schiefgelaufen zu sein, Stübbs kam mir in die Quere, er ist auch für Triton tätig, offenbar hat er seine Besuche kurz vor mir gemacht. Während Christiane die einzige Bestellung las und wiederlas, schien sie es mit dem Wunsch zu tun, das Ergebnis zu ermitteln, das man ihm gutschreiben würde. Sie hob den Blick und fragte: Was kostet das Lexikon? Zweihun-

dertsechzig, sagte er und fügte hinzu: die Provision ist gestaffelt, wie immer; für den Anfang geben sie mir acht Prozent, bei größeren Abschlüssen können es neun werden. Sie bedachte sich eine Weile und sagte dann: Ich werde dir ein paar Brote machen.
Auf beiden Händen trug Andersen den offenen Koffer ins Wohnzimmer, wollte ihn auf eine Fensterbank setzen, als der Koffer abrutschte und zu Boden fiel und ein Band des Lexikons vor seine Füße plumpste. Rasch hob er den Band auf, ängstlich, daß einige Seiten einen Knick bekommen haben könnten. Unwillkürlich las er den Text unter Ciceros Namen und entdeckte einen Fehler: nicht von ihm, von Cicero, stammte die Schrift »Von den Ursachen des Verfalls der Beredsamkeit«, sondern von Quintilian. Er war da ganz sicher, doch er wußte nicht, was diese Entdeckung wert war.

Andersen kam ein paar Minuten zu früh, und da er keine Stimmen hinter Bollnows Tür hörte, klopfte er und wurde auch sogleich hereingerufen. Als er sah, daß vor Bollnows Schreibtisch bereits ein Besucher saß, wollte er sich rasch zurückziehen, doch der Mann, der seine Tätigkeit lenkte und beaufsichtigte, forderte ihn zum Bleiben auf und machte ihn mit dem Besucher bekannt. Noch während er die Hand von Stübbs in der seinen hielt, fiel Andersen ein, wem sein Kollege glich: es war der Schauspieler in dem Film »Bitterer Reis«, der gutaussehende Bursche mit dem verschlagenen Lächeln. Anscheinend hatte er gerade Bollnow die Bestellungen

vorgelegt und war belobigt worden für seine erzielten Ergebnisse. Selbstbewußt und gutgelaunt bot er Andersen eine Zigarette an, bedauerte nicht, daß er sie ablehnte, und sagte in vertraulichem Ton, daß er sich freue, den neuen Kollegen kennenzulernen. Es gefiel ihm, daß Andersen auf die Frage, ob er mit seinem Titel angesprochen werden möchte, lediglich antwortete: Unter Erwachsenen ist es wohl lächerlich. Bevor er sich verabschiedete, schlug er vor, einmal gemeinsam zu essen, in einem Fischrestaurant am Hafen, bei dieser Gelegenheit könnte man Erfahrungen austauschen.
Kein Anzeichen von Enttäuschung oder Unmut zeigte sich auf Bollnows Gesicht, als er den Bestellblock von Andersen in die Hände nahm. Sachlich quittierte er das Resultat, machte eine Notiz in einem Taschenkalender und bat Andersen, ihm von seinen Erlebnissen am ersten Besuchstag zu erzählen. Wie die Leute auf das Angebot reagierten, wollte er wissen; ob sie ein grundsätzliches Interesse an einem neuen Lexikon zeigten; ob er, Andersen, sie auch ermuntert hätte, in der reich illustrierten Ausgabe zu blättern, und ob er, wenn es ihm angebracht erschienen war, Ratenzahlung vorgeschlagen hatte. Freundlich nahm er zur Kenntnis, was Andersen ihm zu erzählen hatte, mitunter amüsierte er sich oder schüttelte in Unverständnis den Kopf. Schließlich hielt er es für nötig, darauf hinzuweisen, daß man in jedem Beruf ein wenig Glück braucht, und das besonders am Anfang. Dann schälte er eine Mandarine, teilte sie und reichte Andersen die Hälfte, und während er aß,

zählte er die Bestellzettel, die Stübbs ihm zurückgelassen hatte; Andersen zählte mit und kam auf elf. Und plötzlich empfand er das Bedürfnis, sich für sein eigenes dürftiges Ergebnis zu entschuldigen und zu versichern, daß er künftig keine Mühe scheuen werde, um die Erwartungen zu erfüllen, die man in ihn setzte, doch Bollnow kam ihm mit dem Ratschlag zuvor, daß er sich nicht entmutigen lassen und, wie er sich ausdrückte, weiter auf der Fährte bleiben solle.
Versorgt mit einem Schwung von Prospekten – viel mehr, als er je würde verteilen können –, wandte er sich schon zur Tür, als ihm der Fehler einfiel, den er in seiner Demonstrations-Ausgabe entdeckt hatte. Er kehrte zum Tisch zurück und weihte Bollnow in seine Entdeckung ein – nicht, um mit seiner Kenntnis aufzutrumpfen, sondern eher Rat suchend. Er fühlte sich verpflichtet, einen Bezieher des Lexikons auf den Fehler aufmerksam zu machen, und er wollte sich nur vergewissern, ob das auch Bollnows Ansicht entsprach. Bollnow zog den ersten Band des Lexikons aus dem Regal, schlug nach, las aufmerksam den Text unter dem Stichwort Cicero und blickte auf und musterte Andersen zum ersten Mal nachsichtig. Dann fragte er, was Andersen sich davon verspreche, wenn er auf einen einzigen, ganz und gar nebensächlichen Fehler hinweise, und er erwähnte wie nebenher, daß ein Mangel, auf den man den Bezieher geradezu stoße, nicht unbedingt verkaufsfördernd wirke. Er fragte auch: Wer kennt schon Quintilian? Doch da er merkte, daß Andersen in Unentschiedenheit verharrte, überließ

er die letzte Entscheidung ihm: Sie werden schon wissen, wie weit Sie gehen dürfen. Sie werden das Risiko schon abschätzen.

Nachdem er den Zettel gelesen hatte, der, mit einem Glas beschwert, auf dem Küchentisch lag, verließ er die Wohnung gleich wieder und fuhr mit dem Bus zum Krankenhaus, in dem Christiane arbeitete. Ihrer Bitte folgend, ging er in die gutbesuchte Cafeteria, und da gerade ein Ecktisch frei wurde, steuerte er darauf zu und bestellte Tee. Er betrachtete sein vages Spiegelbild in den großen Glasscheiben, horchte auf die gedämpften Unterhaltungen, die Patienten mit ihren Besuchern führten. Wie immer wunderte Andersen sich über die Freimütigkeit der Patienten, die in Schlafanzügen, mit geschienten Armen und bandagierten Köpfen herumsaßen, rauchten und ihren Angehörigen bepflasterte Bäuche zeigten und probeweise mit neuen Krücken hantierten. Er hatte den Eindruck, als wollten manche ihre Leiden ausstellen und für überstandene Operationen bewundert werden, ihre heischenden Blicke ließen es vermuten.
Christianes Gesicht verriet, daß sie in Eile war; Grüße einiger Patienten beantwortete sie nur flüchtig, und als ein dunkelhäutiger Patient ihre Hand nahm, reagierte sie unwillig und entzog sie ihm mit einem Ruck. Sie wollte keinen Tee, sie sagte: Gut, daß du kommst, Arno, und schob ihm einen gefalteten Papierbogen zu. Andersen überflog die Rechnung der Werkstatt, sah sich an

der Endsumme fest und sagte leise: Das kann doch nicht wahr sein, sechshundertzwanzig Mark! Dann schau mal, was sie alles gemacht haben, sagte Christiane, auch neue Bremsbelege waren fällig und Wischer und die Blinkanlage; ich sagte dir ja, daß etwas auf uns zukommt. Ratlos studierte er die Einzelposten, las Worte, mit denen er nichts verband, wiederholte technische Bezeichnungen, die ihm rätselhaft erschienen; eine fremde Begriffswelt, in der er sich hilflos vorkam, tat sich vor ihm auf. Er hörte Christiane sagen: Immer dieser Eiertanz, dieser Balanceakt, immer die Angst, daß etwas kommt, womit man nicht gerechnet hat; und er hob das Gesicht und sagte: Sei ganz ruhig, bei Triton kann ich nicht um Vorschuß bitten, noch nicht, aber meine Mutter wird uns etwas leihen; sie hat bestimmt schon vergessen, wann ich sie zum letzten Mal angepumpt habe.
Zuerst glaubte er, sich verguckt zu haben, aber es war tatsächlich Stübbs, der hinter Christiane auftauchte, sich suchend umsah und, als er Andersen erblickte, an den Tisch kam. Stübbs war erfreut über das Wiedersehen, er verbeugte sich vor Christiane und stellte sich, noch ehe Andersen etwas sagen konnte, als Kollege ihres Mannes vor, im gemeinsamen Dienst an einem Projekt der Zukunft. Um die Aufmerksamkeit der Kellnerin zu gewinnen, schnippte er mit den Fingern und bestellte einen Orangensaft. Ihm gefiel die Schwesterntracht, die Christiane trug, er mußte es ihr gleich sagen, mußte ihr bekennen, daß diese Tracht zugleich Respekt hervorruft und Erwartung weckt, und mit ei-

nem Seitenblick auf Andersen: Sie sind doch der gleichen Ansicht, lieber Doktor, oder? Andersen wiegte den Kopf, ihm entging nicht Christianes abweisende Haltung, ihre aufkommende Unduldsamkeit, und um zu verhindern, daß sie einfach aufstand und sich abrupt verabschiedete, fragte er, ob Stübbs vielleicht zu einem Krankenbesuch hier sei oder diesen schon gemacht habe. Rein beruflich, sagte Stübbs, und ließ durchblikken, daß er erfolgreich gewesen war: Der Verwaltungsdirektor und der Chef der Neurologischen Abteilung waren so gut wie entschlossen, das Triton-Lexikon zu beziehen. Da Christiane ihn skeptisch, Andersen ihn erstaunt ansah, erläuterte er, daß er einstweilen nur zu einem sogenannten Bearbeitungsgespräch hier gewesen sei oder, wie er es auch nannte, einer Reizbehandlung, bei der ein Käufer nichts zu sehen, dafür um so mehr zu hören bekomme. Er schildere die dreibändige Ausgabe so umfassend, stelle ihre Bedeutung dermaßen heraus, daß die Käufer sie bei einem zweiten Besuch wie etwas Vertrautes zur Hand nähmen, das sie fast schon zu besitzen glaubten. Lächelnd empfahl er diese Methode zur Nachahmung.

Er klopfte Andersen auf die Schulter, trank in einem Zug den Orangensaft aus, zahlte – und zahlte den Tee gleich mit –, und wiederholte seine Einladung in das hafennahe Fischrestaurant, wo er ihnen den zartesten Baby-Steinbutt in Aussicht stellte. Dann ging er und winkte ihnen noch einmal durch die Glastür zu, feierlich, wie in Zeitlupe. Andersen ergriff Christianes

Hand. Er nickte ihr zu und sagte: Ich fahre jetzt zu Mutter raus; mach dir keine Sorgen.

Im Hauptbahnhof stahlen sie ihm den verlagseigenen Koffer. Andersen, der von seiner Mutter kam, hatte glimpflich das lockere Spalier der mageren Burschen und leeräugigen Mädchen passiert, die ihn anbettelten oder sich ihm, gleich den Preis nennend, anboten, als ihm die ältere Frau entgegentrat. Sie trug Turnschuhe, ihr dünnes Haar glänzte fettig, ihr bläulich verquollenes Gesicht schien nur eines einzigen Ausdrucks fähig. Mit gleichbleibender, stierender Forderung hielt sie ihm die offene Hand hin, er mußte dieser Forderung nachgeben, und um nach einer Münze zu suchen, setzte er den Koffer ab. Die Frau dankte ihm nicht, blickte nicht einmal auf die Münze, die er in ihre Hand gelegt hatte, sondern trat auf den nächsten Reisenden zu. Als er sich bückte, um seinen Koffer aufzunehmen, griff er ins Leere.
Hin und her kämpfte er sich durch den Strom der Reisenden, musterte die Schlangen vor den Fahrkartenschaltern, durchstreifte die Wartesäle, warf einen Blick auf die Regale der Gepäckaufbewahrung – sein Koffer blieb verschwunden. Auf einmal stand wieder die Frau mit dem verquollenen Gesicht vor ihm, und wieder streckte sie ihm die offene Hand hin, gerade so, als erinnerte sie sich nicht mehr an seine Gabe. Andersen fragte schnell: Mein Koffer, wo ist mein Koffer? Und nach einer Weile – und er sah, welche Mühe die Frau

hatte, sich zu erinnern – sagte sie gleichmütig: Vielleicht unten, vielleicht in den Toiletten. Ohne ein weiteres Wort ließ er sie stehen, er stieg die schmutzigen Treppen hinab, vorbei an jungen Burschen und sehr jungen Mädchen, die friedlich und entrückt dahockten, einige hielten sich umklammert, andere lehnten wie schlafend an der feuchten Wand. Neben einem überquellenden Papierkorb, vor einer Pfütze, lagen die drei Bände des Lexikons, lagen sein Bestellblock und die Prospekte. Hastig sammelte Andersen alles ein; dann stieß er die Türen zu den einzelnen Aborten auf, suchte, inspizierte – der Koffer war nicht zu finden. Froh, zumindest den Inhalt wiedergefunden zu haben, gab er die Suche auf, und während er auf die S-Bahn wartete, mit der er nach Hause fahren wollte, mußte er an Christiane denken, an ihr Kopfschütteln, mit dem sie seinen Verlust gewiß quittieren würde.

Weil er bei seinen Hausbesuchen nicht mit einer Plastiktüte herumziehen konnte, beschloß er, seine Materialien in Christianes Lederkoffer zu transportieren. Es war ein solider, kaum gebrauchter Koffer, und nachdem er ihn vom Kleiderschrank heruntergeholt und mit einem nassen Lappen abgewischt hatte, verstaute er alles und trug den Koffer probeweise durch die Wohnung. Der Koffer erwies sich als zu geräumig; bei jeder Wendung rumpelten und rutschten die schweren Bände des Lexikons und zerdrückten die Prospekte und machten dem Bestellblock scharfe Kniffe. Andersen suchte nach einer anderen Lösung. Seinen eigenen Koffer konnte er

nicht verwenden, weil vom Tragegriff an einer Seite die lederne Halteschlaufe abgerissen war. Dafür bot sich ihm aber die Reisetasche an, die, prall gefüllt, in einer Schrankecke stand. Behutsam packte er Christianes schmutzige Leibwäsche aus, stopfte sie in zwei Plastiktüten und nahm die Reisetasche in Gebrauch, die sich zur Aufnahme seiner Materialien als wie dafür geschaffen erwies. Dann setzte er sich an den Küchentisch und schrieb: *Liebes, man hat mir den Verlagskoffer geklaut, darum habe ich mir deine Reisetasche ausgeliehen. Die Wäsche steckt in den Tüten. Mutter wird uns aushelfen. Mach dir keine Sorgen. A.*
Er beschwerte den Zettel und wandte sich zur Tür, doch bevor er abschloß, verharrte er lauschend, die Augen auf die Zimmerdecke gerichtet; deutlich hörte er die Stimme des alten Schauspielers: Wohl seh ich das Beßre und lob es; aber ich folge dem Schlechten. Im Hausflur suchte er die Herkunft der klassischen Worte zu bestimmen, es gelang ihm nicht, er fand nur zu einer Vermutung.

Kaum hatte er den verschneiten Garten betreten, als er mitanhörte, wie eine Frau in einer Art heiterer Verzweiflung einen Jungen abstrafte. Die Frau, eine schlanke, hochgewachsene Frau mit einer Herrenfrisur, verwarnte den Jungen, sie schüttelte ihn, sie drohte ihm an, ihn bei nächster Gelegenheit in den Tierpark Hagenbeck zu bringen und ihn dort an die Pythons oder an den Schwertwal zu verfüttern; da sie Andersen lange

nicht bemerkte, entschuldigte sie sich bei ihm und bat ihn, ins Haus zu kommen.
Es war sein zehnter Besuch, die Zuvorkommenheit der Frau machte ihn zuversichtlich, schon begann er, auf einen zweiten Abschluß zu hoffen. Nachdem er den Grund seines Besuches genannt hatte, sagte die Frau freundlich: Dafür ist mein Vater zuständig, und führte ihn in ein überheiztes Bibliothekszimmer, in dem er sich zunächst allein glaubte; erst, als er ein eigenwilliges Knurren hörte, bemerkte er den Greis, der an einem beladenen Schreibtisch zusammengesackt war. Wo ist mein Tee, Alice, fragte der Alte schroff, worauf die Frau sich bereiterklärte, gleich die Kanne mit zwei Tassen zu bringen.
Während er seine üblichen Einleitungssätze sprach, holte Andersen die drei Bände des Lexikons aus der Reisetasche und stapelte sie auf seinem Schoß. Statt die Ausgabe zu loben, hob er lediglich ihre Nützlichkeit hervor und befand, daß auch die neuesten Wissensgebiete berücksichtigt worden seien. Mit wachsender Fassungslosigkeit hörte der Greis ihm zu, aber auch mit einer Geduld, die Andersen irritierte. Die grauen Augen hinter der Nickelstahlbrille verengten sich, gerade so, als visierten sie ein Ziel an, und plötzlich stand er auf und räumte schweigend eine Ecke des Tisches leer. Und immer noch schweigend hob er von einer Ablage drei Bände auf, schleppte sie um den Schreibtisch herum und knallte sie vor Andersen hin; und als sei dies noch nicht genug, fischte er aus einem Ordner einen Brief

heraus: Hier, sagte er mit befehlender Stimme, lesen Sie. Zuerst las Andersen den Namen seines Verlags, dann, auf der oberen Hälfte, den Namen des Professors Heinrich Clement, und schließlich: Kostenloses Rezensionsexemplar. Schon wollte er um Entschuldigung bitten, seine Bände einpacken und sich verabschieden, als der Greis einen Finger gegen ihn ausstreckte und fragte: Haben Sie sich schon mal die Mühe gemacht, in Ihrem Produkt zu lesen? Sicher, sagte Andersen verlegen. Und? fragte der Alte, wie viele Fehler haben Sie entdeckt? Ehrlich: Wie viele Fehler? Andersen zögerte, gab dann aber zu: Einen, bisher nur einen. Dann ist es höchste Zeit, daß Sie sich an eine kritische Lektüre machen, sagte der Greis; ich habe – und das nur im ersten Band – elf Errata angemerkt, und wenn Sie ein Mann von Ehre sind, müssen Sie mir beipflichten, daß diese Fehlersumme untragbar ist für ein Lexikon. Nun? Stimmen Sie mir zu? Andersen blickte schuldbewußt auf die Bände in seinem Schoß. Er sagte: Sie können sich darauf verlassen, daß ich sofort das Lektorat benachrichtigen werde und den Korrektor. Das ist ein Problem für sich, sagte der Greis; bitte, antworten Sie auf meine Frage: Rechtfertigt die von mir genannte Fehlersumme den Verkauf Ihres Lexikons? Der Verlag wird ein Blatt mit den Errata nachliefern, sagte Andersen. Der Greis blieb unnachgiebig: Ja oder nein, bitte antworten Sie mit Ja oder Nein. Andersen sah den alten Mann, der sich in kalte Erbitterung hineingeredet hatte, lange an und sagte leise: Nein, Herr Professor. Einen

Augenblick saßen sie sich stumm gegenüber, wie bestürzt über das Fazit, zu dem sie gemeinsam gelangt waren. Dann sagte der Greis: Ich möchte Ihnen für dieses Nein danken, und ich möchte Sie darauf vorbereiten, daß ich über Ihr Lexikon geschrieben habe, einen ausführlichen Bericht für unsere Fachzeitschrift. Wie Sie sich denken können, werden Sie wenig Grund zur Freude haben... Ein Durchschlag meines Briefes geht an den Verlag, zusammen mit meiner persönlichen Stellungnahme... Und nun bitte ich Sie, mir Ihren Namen zu nennen.
Andersen bot sich an, die Bände, die Professor Clement erhalten hatte, selbst in den Verlag zu bringen, doch der alte Mann ging auf sein Angebot nicht ein und deutete auf ein Regal, das sich über die ganze Länge des Zimmers hinzog: Lexika, murmelte er, lauter Lexika. An der Tür stieß Andersen fast mit der Frau zusammen, die auf einem Tablett Tee hereinbringen wollte und ihn jetzt nur fragend ansah; er dankte ihr im Vorbeigehen.

Die Verlagskantine war leer und kühl, und noch bevor er zur Theke ging, schloß Andersen die offenstehende Fensterklappe, durch die kalte Zugluft hereinströmte. Er bestellte Kaffee und ein Käsebrötchen und begutachtete von seinem Tisch aus den Raum, den er zum ersten Mal betreten hatte. Ihm gefiel die Schmucklosigkeit, die Klarheit, und auch die wenigen gerahmten Schwarzweiß-Fotografien gefielen ihm, Landschaftsbilder aus dem hohen Norden, treibende Gletscher, ein

im Eis gefangenes Schiff. Während er aß und trank, kam eine weißgekleidete Frau an seinen Tisch, sie wollte lediglich wissen, ob er zum Verlag gehöre, und als er ihr sagte, daß er neu sei, im Außendienst, gab sie sich zufrieden.
Andersen zog die Reisetasche, über die die Frau beinahe gestolpert wäre, näher an seinen Stuhl heran. Der Reißverschluß der Tasche war offen. Er langte hinein und hob den dritten Band des Lexikons auf den Tisch, zunächst nur, um planlos darin zu lesen, aber dann fiel sein Blick auf den Buchstaben S, und sogleich entschied er sich, den Text zu einem Namen zu überprüfen, der ihm viel bedeutete. Sendgraf, Sendungsbewußtsein, Seneca, Lucius Annaeus. Wißbegierig las Andersen, was da über den Mann, dem er soviel Arbeit gewidmet hatte, soviel Erkenntnisgewinn verdankte, verbreitet wurde. Nein, er entdeckte nicht einen einzigen Fehler; Senecas spanische Herkunft, sein Ansehen als römischer Senator, der Einfluß, den er auf Nero gewann, und die fälschliche Beschuldigung, an einer Verschwörung teilgenommen zu haben: alles war korrekt und einwandfrei datiert wiedergegeben, desgleichen die mahnenden Lehrvorträge, die zu rechtem Handeln anhielten. Und wie so oft mußte er daran denken, wie sich der alte Mann den Tod beibrachte, zu dem Nero ihn verurteilt hatte: das Öffnen der erschlafften Adern, das verzweifelt langsam hervorquellende Blut, der heroische Wunsch, das Sterben zu beschleunigen. Andersen gestand sich ein, daß er ein kurzgefaßtes Porträt nicht besser hätte schreiben

können; er mit seinen besonderen, aus überreicher Lektüre bezogenen Kenntnissen.
Als überraschend Kuhnhardts Sekretärin die Kantine betrat, schlug er das Lexikon zu und verstaute es in der Reisetasche. Die Sekretärin gab rasch eine Bestellung an der Theke auf und kam zu ihm und fragte verwundert, ob er schon auf das Telegramm gekommen sei, das sie ihm geschickt habe; Herr Kuhnhardt wünschte ihn dringend zu sprechen. Andersen schüttelte den Kopf; er hatte das Telegramm noch nicht bekommen, er war lediglich hier, um Herrn Bollnow einen Verlust zu melden, den Verlust des Koffers. Dann werde ich Sie gleich mitnehmen, sagte die Sekretärin und nickte ihm aufmunternd zu. An der Theke ließ sie sich einen Teller mit Würstchen reichen, zahlte mit einem Bon und ging Andersen voraus, ohne ein Wort, ohne sich ein einziges Mal zu ihm umzudrehen.
Kuhnhardt empfing ihn freundlich und bat ihn um Erlaubnis, in seiner Gegenwart die Würstchen zu essen, es sei für ihn die erste handfeste Mahlzeit an diesem Tag. Essend erkundigte er sich nach Andersens Erfahrungen, ließ sich von sonderbaren Begegnungen berichten, von Enttäuschungen an der Haustür und von dem Mißgeschick auf dem Hauptbahnhof, er zeigte dabei keine erkennbare Teilnahme, selbst als Andersen ihm anvertraute, daß er allmählich einen Blick bekäme für bereite Bezieher, horchte er nicht auf. Solange er aß, unterbrach er Andersen nicht, doch nachdem er seine Mahlzeit beendet hatte, fragte er plötzlich: Dieser Professor

Clement – hatten Sie ein längeres Gespräch mit ihm? Er scheint ein Fachmann zu sein, sagte Andersen, ein seltsamer Liebhaber von Lexika. Kuhnhardt stand auf und trat ans Fenster und blickte eine Weile auf den dunklen Schneehimmel; dann wandte er sich um, hob einmal beide Arme, um seine Bekümmerung anzudeuten, und sagte: Lieber Herr Doktor Andersen, der Triton-Verlag möchte Ihnen danken für Ihre Arbeit. Die Art, wie Sie sich einsetzten, wird von allen anerkannt. Dennoch haben wir Grund, anzunehmen, daß die jetzige Position Ihnen nicht entspricht. Sie sind – ich sagte es Ihnen bereits in unserem ersten Gespräch – überqualifiziert; der angemessene Platz für Sie ist das Lektorat. Nun stand auch Andersen auf, erwartungsvoll, aber auch unsicher, er sah voraus, daß mit den nächsten Sätzen ein Urteil gesprochen werden würde, das über seine weitere Arbeit entschied. Und er täuschte sich nicht; denn Kuhnhardt kam auf ihn zu und blieb eine Armlänge entfernt vor ihm stehen und sagte: Wir haben Ihre Adresse; sobald im Lektorat etwas frei wird, melden wir uns. Gut, sagte Andersen nach einer Pause, gut, ich habe verstanden, und dann packte er die Reisetasche aus und legte die drei Bände, die Prospekte und den Bestellblock auf den Schreibtisch. Kuhnhardt begleitete ihn ins Sekretariat; da die Kasse bereits geschlossen hatte, lag die errechnete Provision bei der Sekretärin. Ihr schien der Abschied nahezugehen, sie sah ihn bekümmert an, und vielleicht um ihn ein wenig zu trösten, schob sie ihm die Quittung mit der Bemerkung zu, daß eben noch eine Sammelbestellung eingegangen war, vier Lexika auf seinen Namen. Andersen wollte diese rätselhafte Bestellung nicht erklärt bekommen; unter den Blicken von Kuhnhardt und der Sekretärin unterschrieb er und gab beiden stumm die Hand.

Obwohl die Tür mit einem harten, schnappenden Geräusch ins Schloß fiel, erwachte Christiane nicht. Zusammengeringelt lag sie auf der Couch, den Kopf in den angewinkelten Arm geschmiegt, so daß ihr Atem nicht verlorenging, sondern zurückstreichend ihr Gesicht wärmte. In der Hand, die auf der grauen Decke lag, hielt sie ein Papiertaschentuch. Eine Haarsträhne bedeckte ihren Mundwinkel. Andersen vermied es, sie länger zu betrachten, er mußte daran denken, daß sie ihm einmal Indiskretion vorgeworfen hatte, damals, als sie im Sand an der Ostseeküste eingeschlafen war und er nicht widerstehen konnte, in ihrem Gesicht zu forschen. Leise auftretend brachte er seinen Mantel in die Garderobe und ging in die Küche. Der Tisch war gedeckt, nicht eilig, geschäftsmäßig, sondern – die Kerze zwischen den Gedecken wies darauf hin – in der Absicht, etwas hervorzuheben, zu markieren. Zwei Flaschen Bier und die mundgeblasenen dänischen Gläser standen bereit, in dem Bastkörbchen lag eine Brotsorte, die er nicht kannte. Draußen schneite es so heftig, als arbeitete der Himmel im Akkord. Andersen schaltete das Licht ein und ging in das Wohnzimmer zurück, lautlos, um Christiane nicht zu wecken. Sein Blick fiel auf das Bücherbord, streifte die Fotografien, und plötzlich sah er, daß das silberne Set – Dosen, Kännchen, die durchbrochenen Schalen – verschwunden war. Er erschrak. Mit einer heftigen Bewegung trat er an das Bord heran und wischte über die Stelle, auf der das Tablett mit der Meisterarbeit aus Sheffield gestanden hatte. Einen Augenblick sah er unschlüssig zu Christiane hinüber, dann ging er zu ihr, beugte sich über sie und küßte sie aufs Ohr.

Sie erwachte freudig, streckte ihm beide Hände hin, um sich hochziehen zu lassen, und überließ es ihm, die Dekke zusammenzulegen. Über sich selbst lächelnd fragte sie: Sind fliegende Fische eigentlich eßbar? Wie kommst du darauf? fragte Andersen, und Christiane: Ich hab geträumt, wir waren an der Elbe, fliegende Fische zogen den Fluß hinauf, und wir und viele andere griffen sie im Flug, bis wir einen ganzen Eimer voll hatten. Er zuckte die Achseln und sagte: Genau weiß ich's nicht, aber vermutlich kann man sie essen; und ohne weiter auf ihren Traum einzugehen, nahm er sie an der Hand und zog sie vor das Bücherbord.

Er brauchte nichts zu sagen, sie wußte sofort, worauf er sie hinweisen, wofür er um eine Erklärung bitten wollte. Aufgeräumt gab sie zu, daß sie die nie benutzten Sachen verkauft hätte. Sie glaubte, sie vorteilhaft verkauft zu haben, und nicht nur dies: Sie war sicher, das Geld, das sie bekommen hatte, auf garantiert gewinnbringende Weise angelegt zu haben. Die Werkstatt? fragte Andersen. Nein, nicht die Rechnung der Werkstatt, sagte

Christiane. Als müßte er das, was sie zu sagen hatte, sitzend anhören, bugsierte sie ihn in die Küche und drückte ihn sanft auf einen Stuhl nieder. Und hinter ihm stehend gab sie zu, daß sie seinen Bestellblock mißbraucht hatte, ein einziges Mal. Sie hatte, an die Adresse des Krankenhauses, vier Lexika schicken lassen, gegen Barzahlung. Ein Exemplar hatte sie bereits der Oberschwester zum Geburtstag geschenkt: Du glaubst nicht, wie die Clausen aufblühte. Sie nahm mich in den Arm wie eine Freundin. Norbert sollte ein Lexikon zu Weihnachten bekommen, und die beiden anderen waren als große Reserve vorgesehen. Sie kniff ihn in die Schulter, setzte sich ihm gegenüber und sagte: Gib nur acht, daß dir diese Verkäufe gutgeschrieben werden.
Sie wartete, starrte ihn an und wartete auf sein Lob, sein Erstaunen oder nur auf eine angemessene Anerkennung – nicht zuletzt, weil sie glaubte, seinen langfristigen Plan begünstigt zu haben; doch er senkte nur sein Gesicht und fragte: Es ist doch ein Telegramm für mich gekommen? Ja, sagte sie, aber es steht nicht viel drin; du sollst dich bei Kuhnhardt melden, das ist alles. Von unerwarteter Besorgnis erfaßt, stand sie auf, holte das Telegramm und legte es vor ihn hin: Da, es steht nicht viel drin. Es hat sich erübrigt, sagte Andersen. Was heißt das? Ich brauche Herrn Kuhnhardt nicht mehr aufzusuchen. Warst du schon bei ihm? Er hat mich empfangen, sagte Andersen, ja, er hat mich zu einem Abschiedsbesuch empfangen. In forderndem Ton verlangte Christiane: Sag schon, was ist! – und Andersen, auf die Tischplat-

te hinabsprechend: Ich wurde verabschiedet; sie haben mir die Provision ausbezahlt, und dann haben sie mich verabschiedet; immerhin haben sie mich auf ihre Warteliste gesetzt – falls im Lektorat etwas frei werden sollte. Das kann doch nicht wahr sein, sagte Christiane und führte ihre Finger an die Schläfen und stand eine Weile mit geöffnetem Mund da. Es ist so, sagte Andersen und fügte resigniert hinzu: Leute wie ich gehören anscheinend auf die Warteliste, das ist der Platz, den man uns zugesteht.

Plötzlich schrie Christiane auf, sie stürzte ins Wohnzimmer, kehrte zurück, stürzte zum Fenster und stieß einen wimmernden Laut aus, und dann wandte sie sich ihm zu, ein zorniges Gelächter schüttelte sie, das unter einem Gurgeln abbrach. So hatte Andersen sie noch nie erlebt, er fürchtete, daß sie überschnappen könnte, und er ging zu ihr und nahm sie sehr fest in den Arm. Ohne seine entschlossene Umarmung zu lockern, legte er seine Wange an ihren Kopf und flüsterte: Ruhig, sei ganz ruhig, wir schaffen es schon, es wird sich etwas finden, vielleicht sogar schon morgen. Sie machte keinen Versuch, von ihm loszukommen. Sie hielt still, als er ihr Haar streichelte, und als er sie zu einem Stuhl führte, widersetzte sie sich nicht, sondern folgte fügsam dem Druck seiner Hand. Es gelang ihm nicht, ihren Blick aufzunehmen, Christiane saß da wie versteinert. Er umschloß ihr Handgelenk, und leise, als könnte jemand mithören, sagte er: Morgen, morgen nimmst du mich mit. Sie brauchen Krankenpfleger bei euch; stell dir vor:

wir könnten immer zusammen hinfahren und zusammen nach Hause kommen. Lange schien sie seinen gesprochenen Worten nachzulauschen, ihre Lippen zitterten, dann sah sie ihn an und sagte: Ich kann's mir nicht vorstellen, ich kann mir überhaupt nichts mehr vorstellen – vielleicht morgen.

Der Abstecher

Alle anderen Passagiere des weißen, lackglänzenden Fördedampfers drängten sich an der Reling, um dem Ablegemanöver zuzusehen, nur er nicht. Er setzte sich gleich an einen kleinen Klapptisch, blinzelte in die Sonne, wischte sich mit beiden Händen übers Gesicht und legte dann dieses flache, bronzene Ding auf die Tischplatte und starrte es an, brütend und ausdauernd. Der schmächtige Mann mit der Nickelstahlbrille, der ihn an die Pier gebracht hatte, stand immer noch geduldig vor dem Schiff und wartete, hoffte wohl auf einen Abschiedsgruß, doch der hochgewachsene Bursche am Klapptisch machte vorerst keine Anstalten, an die Reling zu treten und hinabzuwinken; wie geistesabwesend saß er da, unbeeindruckt von den Rufen, den Kommandos, dem fröhlichen Gedränge. Ganz verloren in die Betrachtung des bronzenen Gegenstandes, schüttelte er den Kopf, gerade als müßte er sich gegen eine aufsteigende Erinnerung wehren.
Als der Fördedampfer nach mehreren Signalen ablegte, kramte er aus seiner Reisetasche Pfeife und Tabakdose hervor, legte auch sie auf den Klapptisch, rauchte jedoch

noch nicht, sondern trat nun ebenfalls an die Reling und blickte auf die Pier hinunter. Lange brauchte er nicht zu suchen, um den Mann zu finden, der ihn begleitet hatte. Wie von einer Schnur gezogen, hoben beide im Augenblick des Erkennens einen Arm, winkten nicht, hoben nur den Arm und ließen ihn starr in der Luft ruhen; es war ein seltsamer Abschied, der manches vermuten ließ oder einschloß, keineswegs aber den Wunsch nach einem baldigen Wiedersehen. Noch bevor die anderen Passagiere an die Tische stürmten und sich um Stühle und Bänke stritten, ging er ruhig zu seinem Platz zurück und stopfte sich die Pfeife, und nachdem er sie angezündet hatte, nahm er das flache Ding auf, das an einem Band hing, und ließ es einmal propellerhaft kreisen.
Obwohl das Sonnendeck überfüllt und kein Sitzplatz mehr frei war, wagte es anscheinend niemand, sich zu ihm an den Klapptisch zu setzen – vermutlich, weil er einen so versunkenen, abwesenden Eindruck machte und keinen Blick aufnahm und erwiderte. Als ich an ihn herantrat und fragte, ob ich mich zu ihm setzen dürfte, reagierte er mit unerwarteter Freundlichkeit; er lächelte und machte eine einladende Handbewegung, fast schien es, als sei er mir sogar dankbar. Er hatte ein rosiges, sommersprossiges Gesicht, sein graues Haar war kurzgeschnitten, es stand in eigentümlichem Kontrast zu dem jugendlichen Aussehen. Wir blickten zurück zu der sandfarbenen Steilküste, an deren höchster Erhebung die historischen Schanzen lagen, wulstige Befestigungen, mit den alten Kanonen bestückt. Die Flügel

der traditionsreichen Windmühle drehten sich langsam im Wind. Ein schönes Land, sagte ich spontan, und er nickte und sagte: Welch ein Idyll.
Er sprach deutsch mit amerikanischem Akzent. Es wunderte mich nicht, daß er das Bedürfnis hatte, sich vorzustellen; er hieß Glen Muskie und kam aus Wisconsin. Als die Kellnerin erschien, lud er mich gleich zu einem Kaffee ein und bestellte außerdem für sich einen doppelten Linien-Aquavit. Ohne daß ich ihn danach gefragt hätte, sagte er, daß er nur einen Abstecher hierher gemacht habe, er müsse nach Kopenhagen hinauf, zu einer Fachkonferenz, seine Handelskammer habe ihn geschickt. Segelboote liefen an uns vorbei, einige hatten bunte Spinnaker gesetzt, die Besatzungen sonnten sich auf dem Oberdeck und winkten träge herüber. Glen Muskie ließ die flache bronzene Scheibe hin- und herpendeln und sah auf das wellige, von Hecken durchzogene Land, das langsam zurückblieb. Was er da pendeln ließ – nun erkannte ich es –, war eine Medaille, ein Orden, eingedunkelt von der Zeit; auch das Band bezeugte mit bräunlichen Flecken sein Alter. Obwohl er mit seinen Gedanken weit weg war, bemerkte er mein Interesse für die alte Auszeichnung, und er hob sie mir entgegen und überließ sie mir. Vierundsechzig, sagte er, dieses Ding stammt von achtzehnhundertvierundsechzig; man bekam es für Tapferkeit. Während ich die Medaille betrachtete, servierte die Kellnerin Kaffee und Aquavit.
Ich konnte ihm ansehen, daß der Linien-Aquavit ihm guttat. Er nahm die Medaille wieder an sich und ließ sie

pendeln, und dabei entstand auf seinem Gesicht ein abschätziges Lächeln. Auf einmal nickte er auf das bronzene Ding hinab und sagte: Vielleicht empfinden Sie es als merkwürdig, aber den Abstecher hierher habe ich wegen dieses Ordens gemacht; ich wollte einfach mal die Wahrheit erfahren. Die Wahrheit worüber? fragte ich, und er darauf: Über das, was damals hier wirklich geschah, auf diesen Schanzen dort drüben, und wofür einem solch ein Ding verliehen wurde.

Ruhig erzählte er, daß er die Medaille aus Wisconsin mitgebracht hätte, sie gehörte seiner Frau, deren Vorfahren aus Deutschland stammten; einer von ihnen, der damals hier dabei war, hatte sich die Auszeichnung verdient, es war wohl der Urgroßvater. Von einem zum andern hatten sie die Auszeichnung in der Familie weitergegeben, sie hatten sie in Ehren gehalten, obwohl die Tat, für die sie verliehen worden war, immer ungewisser wurde und sich schließlich nur noch in ganz allgemeinem, legendenhaftem Zuschnitt erhielt. Wie immer kamen auch hier mit der Zeit die Zweifel.

Seine Frau wußte, daß er sich auf die Spur des Helden setzen wollte. Sie hat mir den Orden mitgegeben, sagte er; oh ja, ihr liegt daran, nicht zuletzt, um künftige Zweifel zu zerstreuen. Er hob sein Glas gegen mich und trank es aus und schüttelte den Kopf. Ich fragte ihn, ob alles nach Wunsch verlaufen sei und ob er Gewißheiten mit nach Hause nehmen könnte, und er nickte und sagte: Zumindest kann ich ihnen etwas erzählen.

Zuerst allerdings hatte es nicht danach ausgesehen, daß

er erfahren würde, worauf es ihm ankam. Gleich nach seiner Ankunft wanderte er zu den Hügeln hin, auf denen die zehn Schanzen angelegt waren, er traf dort nur eine Schulklasse und ein altes Ehepaar; er war erstaunt über den gepflegten Zustand der Massengräber. Die Aussicht über Sund und Förde mit all den kreuzenden Booten begeisterte ihn so, daß er alles auf einem Film festhielt. Der Lehrer, mit dem er ins Gespräch kam, riet ihm, das Museum im alten Schloß zu besuchen; er wies ihn auf eine besondere Abteilung hin, in der die vielfältigen Dokumente der damaligen Geschehnisse aufgehoben wurden: Karten, Waffen, sogar die Operationsbestecke von Feldscheren.

Er machte eine Pause, musterte mich freimütig; augenscheinlich versuchte er, mein Alter zu schätzen, und da er wohl zu keinem Ergebnis kommen konnte, fragte er: Waren Sie Kriegsteilnehmer? Ja, sagte ich, in den letzten Monaten war ich noch dabei. Auf die Medaille hinabblickend fragte er: Haben Sie sich auch dergleichen verdient? Ich war auf einem schweren Kreuzer, sagte ich, mein Schiff hatte mehr als tausend Mann Besatzung, da konnte man sich so etwas nicht verdienen. Er machte eine Geste, mit der er um Entschuldigung zu bitten schien für seine Frage. Mir entging nicht, daß er auf einmal die Schultern hob, als müßte er sich abfinden mit einer Erfahrung.

Fast einen ganzen Tag, so erzählte er, brachte er im Museum zu, die Dokumente und Zeugnisse durften nicht berührt werden, er mußte sich mit dem Augenschein

begnügen und vertiefte sich immer wieder in den Anblick von Grundrissen, Skizzen und Zeichnungen; er entdeckte auch ein Sortiment von damals verliehenen Auszeichnungen, doch eine Tapferkeitsmedaille, wie er sie bei sich trug, konnte er nicht finden, und der Museumswärter, dem er sie schließlich zeigte, bezweifelte sogar die Echtheit.
Sie können sich wohl denken, wie mir auf einmal zumute war, sagte er. Weil aber der Museumswärter seine Enttäuschung bemerkte, empfahl er ihm, sich an eine Autorität zu wenden, an einen Heimatforscher namens Svendsen, von dem es hieß, daß er mehr über die historischen Ereignisse wüßte, als jeder der damals Beteiligten gewußt hatte, beide Generalstäbe eingeschlossen. Daß er vom Museum in ziemlich angegriffenem Zustand in sein Hotel ging, lag weniger an dem Zweifel, der an der Echtheit des Ordens aufgekommen war, als vielmehr an den ausgestellten Operationsbestecken. Jeder Werkzeugkasten eines Tischlers, sagte er, enthält heute feinere Sägen und Zangen.
Die Kellnerin fragte, ob sie das Geschirr abräumen dürfte, und der Amerikaner legte ihr ein enormes Trinkgeld aufs Tablett und bat sie, noch zwei Gläser Linien-Aquavit zu bringen, doppelte. Er schien erfreut, daß ich seine Einladung nicht ausschlug. Mir war nicht wohl, sagte er, mir war wirklich nicht wohl bei dem Gedanken, meiner Frau sagen zu müssen, daß diese Tapferkeitsmedaille, die sie und ihre Leute so lange aufbewahrt und in Ehren gehalten hatten, nicht echt war. Um

Gewißheit zu erhalten, suchte er also den Heimatforscher auf, er fand ihn in einem kleinen Geschäft – antiquarische Bücher und Stiche und Landschaftsmalerei – und wurde, nachdem er seinen Wunsch geäußert hatte, gleich zu einem Tee eingeladen. Dieser Sachverständige konnte ihm nach einem einzigen Blick bestätigen, daß der Orden echt war und seinerzeit für außergewöhnliche Tapferkeit verliehen wurde, und nicht nur dies: Svendsen zeigte sich im Besitz aller Namen derer, die damals ausgezeichnet worden waren. Mühelos fand er die Kladde, ließ sich den Namen jenes Urgroßvaters nennen, suchte und suchte, blätterte zurück, ging noch einmal mit steifem Zeigefinger die Liste durch, doch ein Sergeant Sabory war nirgends erwähnt, nur ein Mann namens Saborowski. Da fiel dem Besucher ein, daß jener Urgroßvater, nachdem er nach Wisconsin ausgewandert war, seinen Namen anglisiert hatte. Sie werden es kaum glauben, sagte Glen Muskie, doch mir fiel ein Stein vom Herzen. Die bestätigte Echtheit erfüllte ihn sogar mit sonderbarer Genugtuung, die allerdings nicht lange dauerte.
Dieser Heimatforscher, dieser Antiquar war so erfreut über das detaillierte Interesse seines Besuchers, daß er ihn mit allen Ereignissen und Daten bekannt machte; insbesondere schilderte er die Wochen und Monate, in denen die Schanzen belagert worden waren. Auch jener Urgroßvater gehörte zu den Belagerern. Da beiden Seiten befohlen war, Munition zu sparen – und da jede Seite es von der anderen wußte –, zeigten sich die Soldaten

mehr und mehr unbesorgt, traten aus ihrer Deckung heraus, saßen erkennbar in der Morgensonne und riskierten es dann und wann, zu den anderen hinüberzuwinken. Je länger die Unbesorgtheit auf dem kleinen Kriegsschauplatz andauerte, desto näher kamen sich die Soldaten beider Seiten, der morgendliche Gruß – nicht überheblich, nicht selbstbewußt oder siegesgewiß, sondern erleichtert und kumpelhaft – wurde zur Gewohnheit. Es ist verbürgt, daß, als zwei feindliche Wachtposten in der Nacht aufeinanderstießen, beide in stummem Einverständnis das Gewehr ablegten.
Welche Möglichkeit, sagte Mr. Muskie, und holte aus seiner Reisetasche ein Buch hervor und fischte zwei Zeichnungen heraus, die er zwischen die Seiten gelegt hatte. Herr Svendsen hatte ihm die Zeichnungen verkauft, angebräunte Blätter, die Szenen des Belagerungslebens belegten. Wie sie zusammenfanden, die Soldaten beider Seiten, wie sie sich miteinander bekannt machten, ins Gras setzten, redeten, wie sie einander probieren ließen von ihren Rationen, Tabak tauschten, von zu Hause erzählten und vor der Rückkehr in die eigene Stellung noch gemeinsam einen Schluck aus einer Flasche nahmen: da mußte Ungläubigkeit wie von selbst entstehen, bei allen, die davon hörten. Einmal zündeten sie gemeinsam gegen die Kälte der Nacht ein Feuer an; während sie sich wärmten, entsannen sie sich dringender Tätigkeiten zu Hause und erwogen wohl auch schon hier und da untereinander, die aufgenommenen Beziehungen fortzusetzen. Nach mehreren Wochen

täglichen Umgangs miteinander nannte man sich beim Vornamen. Man verabschiedete sich beim Auseinandergehen für die Nacht; zum gegenseitigen Besuch der Stellungen lud man sich allerdings nicht ein.
Was ich von diesem Heimatforscher erfuhr, sagte der Amerikaner, klang nicht allein unwahrscheinlich – ich mußte mich fragen, welch eine Gelegenheit zur Tapferkeit es überhaupt noch geben konnte unter Männern, die im andern ihr eigenes Los entdeckt hatten und sich so nahe gekommen waren, daß fast nichts mehr an Feindschaft erinnerte. Herr Svendsen schlug ihm vor, gemeinsam zu den Schanzen hinauszugehen, und auf den Wällen stehend, zeigte er ihm, wo sie sich einst gegenüberlagen und wo sie sich trafen und mehr als das Übliche miteinander sprachen. Da waren jetzt Felder und Hecken und gepflegte Massengräber. An einigen Stellen, so erfuhr der Besucher, lagen sich die Männer auf Rufweite gegenüber. Die Landschaft vor Augen, den Bericht über den Soldaten-Alltag im Gedächtnis, konnte es sich der Besucher einfach nicht vorstellen, für welch eine Art von Tapferkeit die Auszeichnung verliehen wurde, die er bei sich trug. Auf seine Frage, wodurch denn damals eine Lage entstand, in der Tapferkeit nötig war und bewiesen werden konnte, antwortete der Heimatforscher nur knapp. Er sagte: Durch den Befehl. Glen Muskie schwieg, wandte den Kopf und blickte über das Wasser zu einer der grünen Fahrwasserbojen, wobei er mit dem Rand der Medaille leicht tickend auf die Tischplatte klopfte. So war es wohl immer, sagte ich:

der Befehl duldet keine Fragen. Wieder schüttelte er den Kopf, wieder erschien auf seinem Gesicht dieser brütende Ausdruck. Auch Svendsen hatte ihn daran erinnert, daß für jede Armee das Prinzip des unbedingten Gehorsams gilt. Der Heimatforscher empfand es nicht als ungewöhnlich, daß die Belagerer an einem Apriltag zum Angriff vorgingen, gegen die Soldaten, mit denen sie noch tags zuvor Brot und Adressen und, was auch verbürgt ist, Feldflaschen getauscht hatten: sie befolgten lediglich den Befehl. Daß dieser Befehl sie vergessen ließ, was sie in den vergangenen Wochen erfahren und getan und in einer Art familiärer Notgemeinschaft begründet hatten, konnte Mr. Muskie nicht verstehen, würde er nie zu verstehen lernen. Beide stritten sich über die Bedeutung eines Befehls und setzten ihren Streit noch bei einem Essen fort, zu dem der Amerikaner den Heimatforscher eingeladen hatte.
Ein kleiner Junge kam an unseren Tisch, er fragte, ob wir etwas Brot hätten, Brot für die Möwen, die über dem Heck des Schiffes hingen. Glen Muskie gab ihm ein Geldstück und schickte ihn zum Kiosk. Und dann umschloß er die Medaille fest mit seiner Hand und sah mich an. Können Sie sich vorstellen, fragte er, daß ich nach allem nur noch wenig Interesse daran hatte, etwas über die Tat zu erfahren, für die diese Auszeichnung hier verliehen wurde? Er gab zu, daß er sich unwillkürlich ein gewisses Ereignis auszudenken versuchte – ein Beispiel von Kühnheit, Gewalt und Todesverachtung –, doch er unterließ es, sich beim Heimatforscher danach

zu erkundigen. Der aber kam überraschend zu ihm ins Hotel, freudig und voller Zufriedenheit über das, was er herausgefunden hatte: er konnte ihm die Kopie eines Belegs zeigen, aus dem hervorging, daß ein Sergeant Saborowski sich außergewöhnlich hervorgetan hatte bei der Eroberung von zwei Geschützen, die den Angriff vorübergehend ins Stocken gebracht hatten. Der Heimatforscher glaubte, dem Mann von weither eine Freude gemacht zu haben, vielleicht erwartete er ein anerkennendes Wort, doch der Amerikaner konnte es nur schweigend zur Kenntnis nehmen.

Ich weiß auch nicht, wie es kam, sagte er zu mir, plötzlich sah ich nur dies Bild: zwei eroberte Geschütze, und um sie herum, gekrümmt und verzerrt und mit dem Gesicht an der Erde, die Männer, die diese Geschütze bedient hatten. Auf sie herabblickend, stand der Mann, der ein Beispiel von Tapferkeit gegeben hatte, und ich stellte mir vor, daß er auf einmal neben einem der Daliegenden seine Feldflasche entdeckte, die er vor wenigen Tagen halbgefüllt weggeschenkt hatte. Und ich stellte mir auch vor, wie er sie wieder an sich nahm und dann dem Trompetensignal lauschte, das zum Sammeln befahl.

Der Heimatforscher schenkte ihm die Kopie des Belegs, und obwohl er zunächst darauf verzichten wollte, nahm er sie dann doch an. Auf dem Weg zum Hafen – der Heimatforscher bestand darauf, ihn zu begleiten – hatten sie sich kaum noch etwas zu sagen; erst als sie vor dem Schiff standen, fragte ihn Herr Svendsen, ob er denn nun, im Besitz gesicherter Beweise, beruhigt nach Hause fahre, denn für die Seinen dürfte es ja nun keine Ungewißheit mehr geben.

Und was antworteten Sie? fragte ich. Oh, sagte Mr. Muskie, ich sagte, daß ich diesen Besuch niemals vergessen würde. Und zu Hause, fragte ich, werden Sie zu Hause erzählen, was Sie erfahren haben? Er sah mich erstaunt an. Selbstverständlich, sagte er, ich werde ihnen die Beweise geben; ich werde ihnen erzählen, was sich zugetragen hat; danach können sie selbst bestimmen, welch eine Bedeutung sie dieser Medaille künftig zuerkennen. Man muß es aussprechen, man muß alles aussprechen.

Sorgfältig verpackte er alles in seine Reisetasche, klopfte seine Pfeife aus und ließ auch die verschwinden. Er machte einen erleichterten Eindruck; für ihn hatte sich der Abstecher anscheinend gelohnt.

Aus dem verwaschenen Blau trat klar der Saum der Küste hervor, er musterte sie nachdenklich und sagte mehr für sich: Welch ein idyllisches Land – ich pflichtete ihm bei.